IMĀGINOR, ERGŌ SUM.

想象即存在

幻想家

ramayana

罗摩衍那

插图重述版

an illustrated retelling

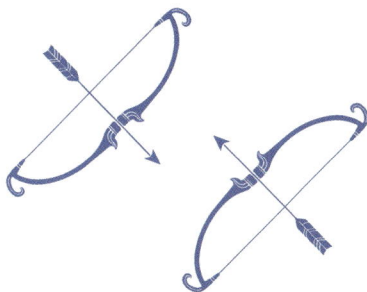

arshia sattar

sonali zohra

〔印〕**阿什娅·萨塔尔** 著

〔印〕**索纳莉·佐赫拉** 绘

杨怡爽 译

湖南文艺出版社

图书在版编目（CIP）数据

　　罗摩衍那：插图重述版 /（印）阿什娅·萨塔尔（Arshia Sattar）著；（印）索纳莉·佐赫拉(Sonali Zohra) 绘；杨怡爽译. —— 长沙：湖南文艺出版社，2020.12（2023.6 重印）
　　（幻想家）
　　书名原文：Ramayana: An Illustrated Retelling
　　ISBN 978-7-5404-7729-5

　　Ⅰ . ①罗… Ⅱ . ①阿… ②索… ③杨… Ⅲ . ①史诗 – 印度 – 古代 Ⅳ . ①I351.22

中国版本图书馆CIP数据核字(2020)第193817号

Text copyright © Arshia Sattar 2016

Based on *The Ramayana* by Valmiki

Images copyright © Sonali Zohra

First published as *Ramayana for Children* by Juggernaut Books, New Delhi, 2016

The simplified Chinese translation rights arranged through Rightol Media
本书中文简体版权经由锐拓传媒取得 Email：copyright@rightol.com

著作权合同图字：18-2019-127

罗摩衍那：插图重述版
LUOMOYANNA： CHATU CHONGSHU BAN

著　　者：〔印〕阿什娅·萨塔尔　　绘　者：〔印〕索纳莉·佐赫拉
译　　者：杨怡爽　　出 版 人：陈新文　　责任编辑：吴 健
封面设计：DarkSlayer　　内文排版：钟灿霞　钟小科
出版发行：湖南文艺出版社（长沙市雨花区东二环一段 508 号 邮编：410014）
印　　刷：湖南省众鑫印务有限公司　　开　本：880 mm×1230 mm 1/24
印　　张：6.75　　字　数：73 千字
版　　次：2020 年 12 月第 1 版　　印　次：2023 年 6 月第 2 次印刷
书　　号：ISBN 978-7-5404-7729-5　　定　价：88.00 元

目　录

插图目录

阿逾陀城

很久以前，曾有一名君主，名为十车王。他统治着一个以河流和森林为边界的和平繁荣的王国。首都阿逾陀城富饶辉煌，它坐落在绿野之中，房舍雄伟明净，街道宽阔整洁，人民幸福康健。万事遵应天理——沛雨甘霖总是适时而至，年丰时稔而穰穰满家，人民既无疾病之扰，也无困匮之忧。

祭司们举行神圣的仪式，士兵们守疆卫土，保护弱者，农人们则朝耕暮耘。皮匠制鞋，牧人照管牲畜，珠宝商制作漂亮的装饰品，理发匠则为人们篦头饰发。

尽管这片土地上事事皆妙不可言，但宫殿里还是充满了悲伤。因为国王有三个妻子，却一无所出。十车王知晓，在这件事上，他将不得不向众神和圣贤寻求帮助。他召集了知识渊博的贤人进行商讨，问他们是否知道他如何才能有子嗣延祚且可贤明临国。

博学之士互相交谈，并咨询其他博学之士。他们告诉十车王，在他王国的密林深处住着一个年轻的苦行者，名叫鹿角仙，意思就是"长着角的仙人"。这个年轻人从未与人类相伴，并且身具神力，能将雨水带到干涸的大地上。由于他那惊人的修行，他还有能力让无子嗣的国王生下儿子。

十车王便派人召来鹿角仙，要求他举行特殊的仪式，为他的王国带来男性继承人。鹿角仙应许了国王的请求，一场盛大的圣仪便围绕祭火举行，国王携同诸位王后一起参加。

当仪式行将结束时，一个身着红衣、周身通红的庞然大物从火焰中升起，他手里拿着一个碗，将其交予十车王。他声如烈焰炽烧，告诉十车王要将碗里的东西分给诸位王后。十车王低头合十以示感激与敬意，从那火焰环身的威灵手中接过馈赠。然后，他将那碗里甜美的乳白色物质分给了㤭萨厘雅、须弥多罗与吉迦伊三位王后。

很快，宫殿里的悲伤变成了欢乐。三个王后都怀孕了。在预示着声名和吉运的璀璨星空下，㤭萨厘雅首先诞下贵子。她的儿子罗摩出生时面如明月，身上带有所有的吉祥标志，这些迹象表明他长大后将成为伟大的国王。此后不久，吉迦伊生下了婆罗多，然后须弥多罗生下了双胞胎罗什曼那和设阁卢祇那。

人民庆祝王子诞辰之际，幅帜和彩旗飘扬在阿逾陀城白色屋宇的顶部。市民们鼓掌、唱歌和跳舞，彼此共享美食佳酿，街道上堆满鲜花，整座城市变成了一个巨大而欢乐的聚会现场。十车王流下了喜悦的眼泪，他充满爱意地注视着他的儿子们，感谢诸神回应了他的祈祷。他向全体人民分发了礼物——牛、衣服、珠宝和食物，还给所有孩子分发了玩具。随着这些男孩的诞生，阿逾陀城的前景终于可保无虞。

王子们共同长大，嬉笑玩闹，在城堡中游戏。罗摩是其中最长者，也总是身为领袖。他总能在诸事上做到出类拔萃——他的箭飞得更直，他跳得更高、跑得更快，比他人更快领会神圣的文献，而当诸人在讨论为王之道的复杂艺术时，罗摩公正而温柔，贤明而务实。

人人皆知，他将成为下任国王，不仅仅是因为适才适所，也因为十车王爱他最深。三个王后以同等的欢喜看待她们的儿子，当擦破了膝盖、脸上沾染着泥土的男孩们渐渐成长为英俊的青年时，她们彼此分享为人母的喜乐。他们使弓射箭，就好比他们与教师们谈论法律与政治一样得心应手。

一日，当一切正太平宁静之时，大仙人众友来到十车王宫殿的大门口。众友仙人声名卓著，广受崇敬，但他也被人畏怕，因为人人皆知，即便是在众神面前，他也说一不二。国王起身相迎，以祝圣过的水为他濯足，请他坐上宫廷里最

上等的宝座。"大仙，我能为您做些什么呢？"国王谦卑地发问，"满足您的任何愿望，乃是我义不容辞的责任。"

"甚好，"仙人回答，"让我开门见山吧。我来此处，是为了带着罗摩与我一同前去战胜那邪恶的女夜叉陀吒迦。她与她那些坏心肠的儿子一直扰乱我的祭仪。我无法诅咒他们，因为一旦我意气用事犯下嗔戒，我以苦行获得的功果便将付诸东流。请立即为罗摩备好行装，让他速速与我一同离去。"

"但……但是，"国王结结巴巴地说道，惊怒交加，"罗摩尚年少，从未真刀实枪地施展过武艺。陀吒迦却有魔力，既能在大气中飞行，也能在大地中土遁，还能越过湍急的水流——她甚至还能隐身不见。您怎能期望我年少的儿子能与之对战！"

"好吧。"众友仙人如此说道，起身欲走，"我曾以为，无论我在伟大的十车王的王庭上要求什么，都不会遭拒。我错了——你终究还是与其他国王别无二致。"

十车王更加心烦意乱。"尊长，请您带我前去，"他如此祈求，"我会诛杀陀吒迦。我会带上我那八支大军与您同行，他们乃是精兵强将，从未尝过败绩。请不要带走罗摩。"

"我只希望由罗摩担此大任。别无他人他物能行此事。"众友仙人岿然不动。

罗摩向前走了几步，平静地说："父王，让我去吧。我将帮助这位仙人。我会准备战斗。我会带上罗什曼那与我一同前去。"他转向仙人，开口言道："无论您引领我到何方，我都会追随您前往。"

众友仙人听到罗摩如此坚定的话语，便放下厉色，展颜一笑。他与罗摩和罗什曼那一道离开了这个宏伟的宫殿，两位王子带着他们的金头弓，箭袋里满是利箭，饰以翱翔天际的雄鹰的羽毛。他们离开了熙熙攘攘的城市，穿过了城市周围幽深而宁静的森林，来到了一片广袤的荒原，原野上点缀着低矮的树木和干涸的池塘。猛禽在空中盘旋，狂热的风在他们近旁吹过。

不久，他们来到一块露出地面的岩石前，这块岩石在大地上投下了一层黑暗而阴沉的阴影。"来吧，"仙人说，"我就是在这里进行祭祀的，那仪式会让我比现在更加强大。然而，一旦我开始祭仪，陀吒迦与她的儿子苏婆呼和摩里质便会前来，他们将骚扰我，干扰我集中心神。你必须杀死他们三个。你们要警惕，因为他们强壮骁勇，可以如同脚踩大地一般，在天空中战斗。我祝福你们。"

当这位仙人开始举行祭仪时，一阵巨大的旋风刮起，灰尘吹到王子们的眼睛里，也刺痛了他们的脸。"罗什曼那，是她！"罗摩大喊，为他的弓上弦。当风在他们周围呼啸时，他们可以看到巨大的陀吒迦在那旋风的中央，尖牙利齿，发如铜色，手臂和腿挥舞不休。陀吒迦飞向他们，她的儿子们则跟在她后面，同样高大，同样可怕。然而，罗摩一击便击退了苏婆呼和摩里质，他们退得如此之快、如此之远，以至于掉落到了数千里之外的海洋之中。

陀吒迦恼羞成怒地冲向罗摩。"杀了她！"仙人喊道。罗什曼那准备放箭诛杀那女夜叉，但罗摩速度更快，他射出一阵箭雨，将陀吒迦钉在地上。"罗什曼那，我不能杀她，"他说道，将弓挂回自己肩头，"她是一个女人。但我已经叫她再也动弹不得。"

众友仙人为两位少年所显现的勇气和技巧而喜悦。"现在休息吧，"他拍拍他们的背说，"明天你们就会得到奖赏。我会将世界上最强武器的秘密传授给你们。它们会让你们战无不胜。"

第二天早上，众友仙人开始授业。他教导王子们如何凝神聚力，如何在受到攻击时保持冷静。当罗摩和罗什曼那有所进步后，他便向他们示范如何控制自己的呼吸。最后，他向他们低声说出了一个伟大的秘密——能使众神的武器获得力量和指引的咒语。他特地教给罗摩风神咒语、火神咒语与水神咒语，好让他在面对最致命的敌人时能够有所准备，并能战而胜之。

之后，仙人并未将两位少年引向阿逾陀城，而是带他们朝东方走去。"我想带你们去弥提罗城，遮那竭国王统治着那里。"他神情玄妙地说道，"他虽是一个国王，却有着仙人的头脑和智慧。他的王国毗提诃没有你的拘萨罗国那么富有，他的城市的财富和辉煌难以与阿逾陀城比肩。那是一片朴质之地，它的人民以耕耘树艺为生。我听说遮那竭国王自己过去也下田耕作。他的女儿已达到适婚年龄，国王便为想要迎娶长女悉多的人立下一项挑战。"罗什曼那明白仙人在暗示什么，他对罗摩眨了眨眼，罗摩却笑着看向别处。

众友仙人进入弥提罗，两个王子紧随身后。他们直奔王家围场。此围场虽然规模不大，且有乡野气息，但它被花朵、树叶和田野里的其他作物装饰得缤纷多彩，还有人用米粉在地上画出了图案。音乐在空中飘荡——他们可以听到柔和的笛声和弦乐。也许人们也在唱歌，因为当他们走近中心广场时，人声起伏。广场上拥挤不堪，虽然罗摩自忖他认出了国王——那个面容尊贵、一把长须的男人，但四下里却不见公主的身影。

在广场的中央有一把巨大的弓，那是罗摩平生所见的最大的弓。它被擦得银光闪闪，好似一轮满月。它的尖端像太阳一样明亮，松松垂挂的弦似乎正发出饱含神力的嗡鸣。它被安放在一辆由五百人所拉的八轮铁车上拖进广场。遮那竭走近仙人，触碰他的足部*，微笑着欢迎王子们。"我的尊长，我能为您做什么？"他问道。

"这是阿逾陀城的罗摩王子——强大的君主十车王的儿子。这是他的弟弟罗什

---

* 此为印度人对长辈和地位尊贵者所行的传统礼仪，称为触足礼，即弯腰触碰对方的脚面，以示向对方献上最高的尊重。

曼那。我想要罗摩举起弓，能与你的女儿悉多牵手如仪。"众友仙人如此言道。

遮那竭把目光转向两位年轻人，他们站在仙人身后几步远的地方，身姿挺拔，踌躇满志。"罗摩王子，欢迎一试。这是湿婆神弓，受我家历代尊崇，没人能举起它，更别说上弦了。我还应该告诉你，吾女悉多并非凡女，她是多年前我在耕作时由大地亲自赐予我的。赢得她的手的人，必须善待她，因为她是特别的。你能答应吗？"

罗摩看着国王的眼睛，干脆地说："我向您保证。"

罗摩毫不犹豫地走向神弓。他闭上眼睛，让他的心思如同诞生了悉多的大地一般安定。他牢牢握住弓背，眨眼工夫便举起了弓，并以闪电般迅捷的动作把弓上了弦。还没等大家反应过来，便传来一阵霹雳般的巨响，只见罗摩将大弓折成了两截。弥提罗的居民大声叫好，跺脚欢呼。罗摩抬头看了看廊台，他很确信，他看见一张明艳娇美的脸迅速消失在芦苇帘后面。他兀自笑了笑，转身向国王致敬。

遮那竭为罗摩的非凡壮举而喜悦，立即明白要娶他女儿的人就如同她一样特别。"来吧，我的儿子，"他说着，搂住罗摩的肩膀，"让我们邀请你父亲和他的王后，以及所有的宫廷成员来参加我四个女儿和他四个儿子的婚礼。你为自己赢得了悉多，但我也将她的三个妹妹许配给你高贵的弟弟们。这快乐的日子将在弥提罗永远被纪念！"

这四场婚礼点亮了弥提罗的日日夜夜，直到年轻的公主们不得不离开她们的家，和她们的丈夫前往阿逾陀城，那个城市与她们自己的城市相去甚远。

如今罗摩业已成婚，十车王日渐年迈，不断思考未来。他觉得是时候让罗摩登上阿逾陀城的宝座，统御他祖先传下的繁荣王国了。罗摩精通经邦之道，也是一个武艺精熟的善战武士，为他的家人所爱，也为他的臣民所爱，没有理由推迟他的加冕。十车王召集起他的整个王庭——他的臣子、顾问与将军们——以及邻邦的藩王。

在座无虚席的王庭上，他以雷鸣般的声音宣布："我退位之时已至。我治邦安民，盛世升平。我从未树敌，我的儿子也都长成了优秀的青年。明天，在炽盛宿*吉祥的星象下，我将加冕我心爱的长子罗摩为拘萨罗之王、阿逾陀城的统治者！愿尔等如同侍奉我一样，以同等的爱和忠诚侍奉他。"藩王、大臣和将军们爆发出热烈的掌声。"罗摩！罗摩！向罗摩王致敬！向十车王致敬！罗摩万岁！"他们喊道。

---

* 印度传统天文星宿名，对应中国的鬼宿。

国王回到他的寝宫。在阿逾陀城，上上下下，人们开始为罗摩的加冕礼做准备。祭司们开始收集仪式所需的所有材料——檀香、酥油、鲜花和被祝圣过的水。男男女女打扫房屋，向街道喷洒香水，以减少灰尘。商家分派他们最好的商品，小伙子爬上房屋的顶部挂起彩帜，姑娘们拿出自己最好的衣服和珠宝，舞者与优伶们尝试新的表演，乐师们调整他们的乐器，甚至孩子们也以五彩缤纷的花朵编起花环，好添上一分力。

在宫殿里，也有仆人四处奔忙，为这个大日子备办器物。衣服用香油和香料熏染，柱子用鲜花包裹，所有房间的窗户和角落里都点着明灯。软榻上铺着闪光的丝绸和锦缎，餐桌上摆满了用金碟银杯盛着的珍馐美味和琼浆玉液。到处是歌声和笑声——没有一双手是闲着的。

仆人们说说笑笑，关于罗摩加冕的消息传进了内宫。王后吉迦伊的侍女曼他罗心情沉重地观看着仪式的筹备过程。曼他罗是一个驼背，王后吉迦伊嫁过来时，她跟随其后。她对她的女主人忠心耿耿，也对吉迦伊的儿子婆罗多忠心耿耿。最后，她再也忍受不了，摇摇摆摆地走到吉迦伊面前，王后正在为晚上的庆典梳妆打扮。"听到这个消息你高兴吗？看看你，你真是个傻瓜！你为什么喜上眉梢，面露微笑，穿着你最华丽的衣服？就好像明天要被加冕为国王的是你的儿子一样！"她咆哮道。

"哦，曼他罗！你又在纠结个什么劲？我当然要庆祝啦。罗摩是我的儿子，他像爱自己的母亲一样爱我。我真为他高兴。你不这样想吗？"吉迦伊笑着说，她向那驼背老女人伸出手来。

"吉迦伊！聪明些！"曼他罗尖叫道，"你不知道，如果罗摩成为国王，你将会有怎样的境遇。难道你不认为这很奇怪吗？十车王为何选在婆罗多拜访他的祖父时安排加冕？你在想什么？当罗摩为王，侨萨厘雅将会成为宫里最有权势的女人。你自然还是十车王的最爱，但这无济于事——罗摩将成为国王。你和你的儿子将被排挤到一边，你将无权无势，不得不向他人乞怜。这就是你想要的生活吗？"

吉迦伊惊呆了。她推开正在给她发上簪花的侍女，命令她离开房间。她转过身，看着曼他罗，她的眼睛瞪得大大的，充满恐惧。"你说什么？"她低声说，"你认为罗摩若是成为国王，便会对我翻脸吗？老国王将再无权柄吗？我儿子将要服侍他哥哥吗？我会变得微不足道吗？"

"吉迦伊，这些都必将发生。"曼他罗平静了些，接着说，"你父亲把你嫁给一个老男人，不是为了让你被当作一个微不足道的半老徐娘来对待。他想让你变得强大，让你成为丈夫宠溺的爱妻，他得对你言听计从才对。"

"哦，现在我该如何是好？"吉迦伊恸哭起来，泪流过她可爱的脸，"我不想被忽视，我不想让我的儿子屈节卑体服侍他人！曼他罗，我该怎么办？救救我！"

曼他罗一溜身站到王后身侧，抚摸她的头发，用手擦拭她的眼泪。"亲爱的，听我说，"她说，"并不是一切都完了。我们还有一些锦囊妙计。我们必须确保罗摩明天无法被加冕。"

"但是我们该怎么做呢？所有的筹备活动都已经开始了。祭司已经开始举行仪式，我们说话这当儿，罗摩已经在净身沐浴了。"

"吉迦伊，你必须立即行动，"曼他罗说，她的小眼睛在鹰钩鼻上闪闪发亮，"你对十车王还有至高无上的权力能够施展。他曾经钦赐给你两个要求，你可以在任何时候提出——现在就去提！一个是让罗摩流放到森林里十四年，一个是让你儿子婆罗多当上国王。来，现在擦掉你的妆容，撕破你的衣裳，松开你的头发。到愤怒之室去，躺在地板上。叫来十车王，告诉他，你永远不会再跟他说话，除非他向你的愿望屈服。"

吉迦伊照曼他罗之计行事，躺在愤怒之室的地板上，她的华裳和秀发被弄得一团糟。她扯下项链，叫珍珠如同午夜天空中的星星一般散落在暗色的地板上。她的眼睛因愤怒的泪水而发红，她命令她的侍女："告诉国王，我要见他。现在就去！"

十车王深爱着吉迦伊，她是他最喜欢的王后。他不能忍受她不快，甚至不能忍受她不适。他一听到她在愤怒之室里，他的心就怦怦直跳，气喘吁吁地向她跑去。他看见她躺在冰冷的地上，哭号着，扯着头发，捶着胸脯，好像她在这个世界上最心爱的人已经死了。

"吉迦伊，吉迦伊，发生了什么事呀？你为什么会这样？我怎样才能让你快乐起来？"国王喊着，想把她抱在怀里。她推开了老国王，喊道："让我儿子婆罗多当国王，把罗摩流放到森林里十四年！这将使我永远快乐。"

十车王简直不敢相信自己的耳朵。眼泪顺着他的面庞滚落，他恳求吉迦伊改变她的心意。这个强大的君主，这个伟大的国王，如今跪在她的脚下，低着头，他祖先引以为傲的冠冕掉落在地。"我的爱人，我一定是听错了。你肯定没有叫我送我心爱的罗摩到森林里十四年，对吧？他明天就要加冕为国王，筹备业已开始。婆罗多是他的弟弟，他不能成为国王。告诉我，你到底想要什么？我没有罗摩活不下去！"国王叫道。

"我说得很清楚，十车王！"吉迦伊说着，挪动她的脚，避开他的拥抱，"罗摩去森林，婆罗多当国王！当我还是个少女的时候，我在战场上救了你，你给了我两个恩惠。那时我并不想要那些好处，我想要的东西我都有了。但我现在要这些恩惠实现。是你去告诉罗摩，还是要我亲自去？"

尽管老国王一再恳求，吉迦伊还是要求罗摩前来见她。不久，罗摩进入愤怒之室，他就如同映在止水上的月亮一样平静。他看到他的父亲躺在地板上哭泣，吉迦伊以胜者之姿傲然站立，她的眼睛闪烁不停。他向他们两个鞠了一躬说："母亲，是您叫我来的。告诉我，您有什么吩咐？"

"你父亲想让婆罗多加冕为阿逾陀城的国王。他要你在森林里住上十四年。就从明天开始。"吉迦伊说，她的声音因为她说出来的那些可怕的话语而有点颤抖。

罗摩平静地说："遵命，母亲。"他转过头来看着他年迈的父亲。十车王躺在地板上，他的脸庞上沾满泪水。罗摩拭去十车王的眼泪，帮他父亲坐到座位上，轻声念诵着给予安慰和力量的话语。"亲爱的父亲，别担心。十四年转眼就会过去，我会回来跟您下棋的，还会让您赢。"他温柔地微笑着。十车王发出痛苦的号叫，晕了过去。

罗摩在吉迦伊面前躬身说道："我稍做准备，明早便会离开这个城市。但我求您帮个忙，请照顾好我的父亲，一定要让他过得好，过得开心，不要让他再经历悲伤。我信任您，吉迦伊母后。现在，请原谅我先走一步。我必须告知我的母亲侨萨厘雅和我最亲爱的悉多这个消息。"

罗摩心情沉重地穿过宫殿，那宫殿如今被装饰一新，打扫得芳香洁净。他知道他的母亲在这突然的转变前一定会心烦意乱，但他更担忧他那温柔的妻子悉多，他无法忍受她的悲伤。

当他走近他母亲的居室时，他让自己步伐坚定，神情明朗。侨萨厘雅很高兴看到罗摩在这个意想不到的时候来访。她吻了吻他的额头，让他坐在自己身边，说道："孩子，你来这里做什么？你应该冥想，为明早的仪式做好准备。这些加冕仪式会很长、很累人。来，喝点蜂蜜水，吃点杏仁。它们会赋予你精神上的力量。"

"母亲，我明天早上不会加冕。"罗摩轻柔地说，"父亲希望我去森林，在那儿住上十四年。我是来寻求你的祝福和道别的。"

"啊，罗摩，你可别开玩笑。"侨萨厘雅说着，笑了，"你一定是为明天而紧张吧？来，吃点杏仁。是我亲手把它们切成薄片，然后把它们浸泡在玫瑰水里的。"

"母亲，这是真的。"罗摩轻轻地说。

侨萨厘雅惊恐地盯着儿子。他脸上毫无愁云，目光明亮，眉毛纹丝不动。侨萨厘雅脸色苍白，似乎她体内的血液都已被抽尽。她知道这不是玩笑，也不是谎言。她低声说："发生了什么事？这是谁干的？是为了伤害我吗？"

"我刚从吉迦伊母后的房间回来。她告诉我，我们的父亲希望他的儿子婆罗多当国王，他希望我住在森林里。"罗摩说，"我要在那里过苦行者的生活，吃树根和果实，思考如何让世界更美好，也让自己更美好。母亲，我在宫里是不会有这样的机会的，要是当上国王更是如此。命运既定，我该做的便是到森林里去吧。"

侨萨厘雅的声音沙哑了："我等待这一刻太久了——我的儿子将成为国王的那一刻。多年来我一直受到轻视和侮辱，因为你父亲不够爱我。但我不声不气，因为我知道你是长子，总有一天你会统治这个国家，而我将作为你的母亲——国王的母亲而得到敬重与尊崇。我无法想象自己前世曾做了些什么，才会让这最后的幸福机会像这样被夺走。"侨萨厘雅开始号啕大哭。她揪着头发，捶打着胸脯。

"母亲，服从父亲的愿望是我的正法、我的职责。"罗摩说。

"那你对我的责任呢？难道一个儿子对他的母亲就没有义务，就没有正法要让她快乐和满足吗？罗摩，你应该成为国王。"侨萨厘雅苦涩地说，"你已经明白，你的命运会把你从我身边和你的家人身边带走。"

罗摩叹了口气，他试图安慰他的母亲。但他的心思已经在别处了。他必须要告知罗什曼那，他这个弟弟就好比他的影子，他的另外一个自我。还有悉多。他对她说些什么才行呢？

罗什曼那一直站在宫殿的露台上，看着这座城市为罗摩的加冕而做着准备。他的心里充满了喜悦，因为他知道他的哥哥将是拘萨罗最好的国王，甚至比他们的父亲还要好。他注意到罗摩进入侨萨厘雅的房间，便跑下楼梯，奔入庭院，渴望和哥哥度过一个安静的时刻。他请门人通报他的到来，然后等着被邀请到侨萨厘雅的接待室。罗摩前来迎接他。他拥抱他，领着他向前走。他本以为会看到喜庆和欢乐，却被房间里的死寂所震惊。"发生了什么事？"他问道，朝罗摩的脸看去，以寻求答案。

"明天我要去森林。我们的父亲希望我在那儿住上十四年。我们的兄弟婆罗多将成为国王，而不是我。"罗摩说着，将手放在他弟弟的胳膊上。

"什么？"罗什曼那大吃一惊，"我们的父亲把你流放到森林里去了？不可能！他爱你，他信任你。我们爱你，我们都希望你成为国王。我们的人民已经在庆祝了。我们的父亲怎么能违背人民的意愿呢？为明天而做的筹备怎么办？"罗什曼那呆若木鸡，瘫坐在榻上，双手捧头。

但过了一会儿，他又站起来说话了："我知道，是吉迦伊在背后捣鬼。罗摩，我不会听任这种事情发生。这太不公平，太过愚蠢！我们必须保住国王的声名。人们若是听说他对妻子言听计从，弃国王和父亲的职责于不顾，他将成为一个笑柄。此事绝不可行！我的刀在哪里？我现在就去把事给了结！"

"罗什曼那，我的兄弟，我已下定决心。我会尊重父王的意愿，因为身为人子的正法告诉我，这是我应该做的。我要去森林。明天就走。"

罗什曼那咬紧了牙，他下定决心时总是如此。"好吧，"他说，"我跟你一起去。"他转向侨萨厘雅，"母亲，你没什么好害怕的。我必会保护你的儿子，十四年以后，他必回到你这里，一如现在一样。"

罗摩比以往任何时候都更需要看到悉多，想要沉浸在她那安稳、镇定的氛围之中，远离他的母亲与兄弟那激动的情绪。他向他们告辞，走向自己的宫殿，那宫殿美如十车王的王室宫苑中一颗璀璨夺目的宝石。他进入房间，见悉多正为了整理他明早仪式上要穿的衣服而忙碌，那柔软的衣服白如天鹅翼翅，还有由山羊柔软的底层绒毛织就的披肩，以及精心镶嵌着宝石的拖鞋。

看到她在他衣装中颇得其乐，忙着让他时时都具备王子的轩昂仪表，他禁不住笑了。她经常称他为她的"人中之虎"，因为他是无畏而威严的。而当他做晨祷时，她也曾看到他的皮肤在旭日东升时变成了金色。

　　"悉多，"他说着，握住了她的手，"我不需要这些锦衣华服。明天，我将去森林居住十四年。我父亲希望如此。我要穿树皮做的衣服，过苦行者的生活。"他看到她眼中闪烁着疑惑，便又说了下去，"我们的兄弟婆罗多将取代我成为国王。罗什曼那将会跟我一同前去。而你，我的心肝，我的至爱，你将和我母亲待在王宫里。届时我会回到你身边，爱你一如现在一般。"

　　"你要到森林里去，而我却要待在这里？如果不能与你甘苦与共，无论是在宫里当王后，还是在森林里做一个苦行者，我又为何要嫁给你呢？"悉多说，她的声音平静而安稳，"我不能没有你。你去哪里，我就去哪里。"她直接凝视着丈夫的脸，罗摩可以看到她的手在放开那些王室华裳时颤抖不休。

　　"亲爱的悉多，你不知道森林是何等模样。你不可能跟我来。那不是一个女人该待的地方——那里有一些我们从未见过的野兽和怪物，有带刺的灌木，有满是石头的小路。我将睡在树叶铺成的床上，沐浴在冰冷湍急的河水中。我亲爱的公主，森林可不是你待的地方，你已经习惯了丝绸、柔软的床榻和芳馥的香水。"

　　悉多的音量提高了些许："如果你人不在此处，那丝绸、柔软的床榻和芳馥的香水对我又有什么用呢？那些野兽和怪物又能如何？你在那儿可保我平安。那些带刺的灌木、满是石头的小路和湍急的河水又会怎样？如果我和你在一起，它们对我来说就不值一提。没有你，这个宫殿将布满荆棘，石头遍地。罗摩，我跟你一块走。如果罗什曼那可以成为你的伙伴，那么我也可以。”

罗摩知道与他的妻子争论是没有意义的。在她温柔的外表下是淬炼过的钢铁般的意志。他记得，她乃是出生在大地之上，她比他更熟悉花草、树木和动物。"那就来吧，"他说，"在我的流放中做我的伴侣吧。"

那一天本该是美好的庆典之日，日出时便多云，就好比太阳不忍看到罗摩离开这座城市。国王的命令传遍了阿逾陀城。市民们成群结队聚在一起，试图知悉发生了什么事。仪式场地上的鲜花似乎枯萎了，屋顶上原本欢快的幅帜和彩旗垂头丧气。就连孩子们也拖着步子，擦掉了门前的彩色装饰。

宫殿笼罩在惨淡的愁云中，明亮的塔楼暗淡无光，宽阔的大厅一片死寂。只有吉迦伊开开心心，敦促十车王前往拱门，罗摩将要从那里离开。"你不想向你亲爱的罗摩道别吗？来，走快点。这是吉祥的时刻，他们即将离开这座城市。"她笑着说，试图领着国王去罗摩等待他的地方。十车王张开双臂，跌跌撞撞地向前，就好像他双目已盲。他紧紧抱着罗摩，眼泪从他的眼睛里落到罗摩强有力的臂膀上。悉多和罗什曼那在母亲们面前躬身，请求她们祝福自己一路平安。

罗摩和他的兄弟和妻子一起登上王室的车驾，行动迅捷而坚定。"带我们到王国的边界去。"他命令道，仿佛他真的当上了拘萨罗的国王。

阿逾陀城的人民在战车后面跟着跑，乞求罗摩不要离开。他们绊跌仆倒，身体被车轮扬起的尘土所遮盖，哀哭悲泣。但罗摩目视前方，他的眼睛只凝视着要将他带往未知之途的命运。

随着战车加速向远方驶去，不复再见，十车王倒了下去。他把吉迦伊推开，呼喊侨萨厘雅，恳求她带他回家。"原谅我，侨萨厘雅，"老国王哭着说，"原谅我！"在那悲痛的一天，太阳西沉之前，十车王便因为心碎而死于侨萨厘雅的怀里。

使者骑着疾驰如风的马，前往羯迦夜王国，他们被派去唤回婆罗多和设阇卢祇那。兄弟俩知道出事了，便日夜赶路，几乎没有停下来吃东西或休息。

当他们看到阿逾陀城的塔楼在清晨的阳光下暗淡无光时，他们担心最坏的事情已经发生。吉迦伊在她房间的入口迎接他们。她虽然穿着白色的丧服，但笑容满面。"婆罗多，我的儿子，你将成为拘萨罗的国王！你的父亲已经死了，罗摩被流放到森林去了。"她这样说着，去拥抱婆罗多。

婆罗多踉跄着向后退去，他的脸变得通红。"你说什么？国王不在了？罗摩离开这个城市了？我将成为国王？母亲，你一定是伤心疯了！

"离我远点儿，你这个卑鄙的女人！"他啐了一口，"你害死了老国王，还把世界上最好的人打发到了森林里去。你永远不会被原谅。我必须赎罪才行——我才不是你这个破坏了家族荣誉的女人的儿子！"

婆罗多匆忙奔向国王的遗体安放处致哀，设阇卢祇那跟在他身后。之后，他们被带走，去为葬礼做准备。后来，人们收集了十车王的骨灰，将其浸没在紧邻他们城市的萨罗逾河中。

"罗摩在哪里？"婆罗多问王室的祭司极裕仙人，"我必须使他相信，我与此事无涉。我会带他回来，统御本属于他的王国。设阇卢祇那，跟我来，你是我唯一的盟友。我真难以想象，罗摩和罗什曼那如今会怎么看待我。"

林中岁月

罗摩、悉多和罗什曼那乘着他们的战车，越过了拘萨罗的边界。他们到达塔穆萨河时已是傍晚时分，但他们即将到达的消息在此之前已经传开了。尼沙陀人的国王俱诃业已等待他们良久，给他们带来了水果、水和榕树下的叶垫，让他们可以恢复精神。罗摩让战车离开，与车夫苏曼多罗深情告别，这位车夫从他还是个孩子的时候就认识他了。

悉多累坏了，但是她在准备度过她的第一个城外之夜时，却显出勇敢的神情来。她回忆起来，她了解大地，大地是她的母亲，在未来的日子里一定会保护她。大地会为她提供食物和温暖的床，甚至会为她的头发提供鲜花。几步开外，罗摩和罗什曼那坐在俱诃身旁，轻声交谈。

"我要穿树皮衣服。"罗摩说，"俱诃，帮帮我。教我怎么编束我的头发[*]吧，因为我得做十四年的苦行者。告诉我哪些根和芽可以吃，给我看可以解渴的浆果。我有很多东西要向你学习。"

"我也要过苦行者的生活，"罗什曼那说，"我们的王室服饰在这里没有多大用处，不是吗？"他松开他的箭袋，苦笑了一下，"但不管是不是苦行者，我都要保留我的武器，而且要把它们养护保管得井井有条。罗摩，你是一个战士，你若没有弓和箭，那真是难以想象！"

罗摩看着他的兄弟，他的心里充满了自豪和感激之情。他突然感觉到，他是那么需要罗什曼那的勇气去面对未知的危险。他对自己并不孤单感到十分喜悦。"我们明天必须离开这片热忱的土地和这些善良的人，"他说，"我们仍过于接近阿逾陀城，我已经许下承诺要住在森林里。俱诃会带我们上路的。我们得走了。但我不知道悉多要怎么应付这段旅程。"

"她将走在我们之间。"罗什曼那说，"你在前面走，我在后面跟着。我们都有武器。我们可以面对任何事情。瞧着吧，我明天就为你建造一间小屋。你会吓一跳的！"他说个不停，如同即将前去冒险那般雀跃，而没有丝毫的恐惧。

早晨，两位王子去河边礼拜朝阳、沐浴和做晨祷。这是一个晴朗的日子。柔和的微风把陌生野花的芬芳带给了悉多，她从无梦的睡眠中醒来。由于他们随身

---

[*] 此为印度风俗，成为苦行者后须束发结辫，盘于头顶。

携带的东西很少，因此这次别离非常容易。俱诃是十车王的好友，他陪伴他们走了一段路，并把他们带到仙人们居住的地方。

为着悉多的缘故，罗摩知道他们那前往遥远森林的旅行必须稳步慢行，循序渐进。所以他很高兴与仙人及其妻子们共度时光，他们对待悉多十分温柔，好像她是他们的女儿。他们给她新衣服，给她洗头发，在她的脚上涂抹草药油。他们教她如何利用大地慷慨地给予她的一切。尽管悉多与仙人的妻子们共度了愉悦的时光，但罗摩知道他们必须继续前进。

"去质多罗俱咤吧，"婆罗堕遮仙人说，"那是一个令人愉悦的地方，有瀑布、溪流和长满芳草的斜坡。那儿雨势柔和，还有树木和岩石为你遮风挡雨。鸟类和动物生活在那里，因为那里有丰富的食物和水。悉多将舒适度日，你和你的兄弟也能过得自在。"

罗摩、罗什曼那和悉多感谢仙人们的善良和慷慨。他们出发了，离阿逾陀城越来越远，离宫殿、他们的家庭和他们的王国越来越远。他们走得很轻松，在潺潺的溪流和果实累累的小树林中停下来进食和休憩。悉多为她的丈夫指出沿途盛放的鲜花、攀缘植物和鸟类，但却是罗什曼那在发现道路一侧有蛇在岩石上晒太阳的时候拦住了他们。他们睡在树冠宽大的树荫下，躺在树叶和干苔藓铺成的暖和的床褥上，一边看着星辰，一边听着夜鸟的鸣叫。有时，他们甚至会忘记自己已被流放，被从他们所爱的人身边驱逐。离开家乡的十四年漫长的日子还在前头。

与此同时，在阿逾陀城，悲愁依然萦绕不去。乌云笼罩着这座曾经明亮快乐的城市。人们仍在哀悼老国王，他们为亲爱的罗摩牵肠挂肚。他们担心他的健康，但彼此安慰，罗什曼那与之同在，他肯定会保护罗摩和悉多远离任何险难。

婆罗多沉浸在绝望、困惑和抑郁之中。他拒绝了他母亲和她诡计多端的侍女曼他罗那叫人腻味的陪伴。他非常想念他的兄弟们，一想到要弥补母亲的过错，他就感到很痛苦。他根本就不想成为国王，不想统治阿逾陀城。

一天清晨，他将设阇卢祗那从床上唤醒，兴奋地说："弟弟啊，我知道我必须做什么。我要去罗摩那儿，恳求他拿回王国。他必须回到阿逾陀城，成为拘萨罗之王，我们都知道，这就是我们父亲的本愿。来吧，我们会找到罗摩，以王室的仪仗将他迎回！"

"你可曾问过我们的顾问和诸臣的意见？"设阇卢祗那谨慎地发问。

"还没有。让他们和我们一起去把罗摩迎回来。我不想用会议、咨询和集会来拖延这件事。此外，如果罗摩决定跟我们争辩，他们会说服他，他能行的唯一正确之事是与我们一同返回。"婆罗多急于离开，几乎已经要奔到隔壁，"我们将我们的母亲一同带去，这样罗摩便能相信我们都希望他回来，甚至吉迦伊也是如此。快穿上你的正装，带上你的武器！记住，我们是要找回我们的国王。"

婆罗多第一时间召见了王室成员，并让他们为森林之旅做好准备。他提醒了诸位王后的侍从们，并敦促他们确保王室的贵妇们在旅途中感到舒适。在几个小时内，阿逾陀城那庞大的王庭便开始准备行动。马、象、战车、祭司、臣子、顾问、仆人，各式袋子和行李，普通市民和他们的孩子们——都跟在婆罗多和设阇卢祇那身后，跟随他们所骑的茶色骏马出了城。马儿晃着马鬃，迈步前行时辔铃轻摇，发出悦耳的声响。

婆罗多如今内心充满了喜悦，但同样也被悲伤沾染，因为他知道他必须告知罗摩他们父亲的死讯。两位王子一路骑行，从俱诃那里知晓了罗摩前行的方向。第二天，他们带领的整队人马来到了质多罗俱吒。

在那静谧的森林里，罗什曼那一如既往地保持警觉。当他在劈柴时，他听到远处雷鸣般的轰隆声。他抬头查看是不是要下雨了，但他看到的是晴朗无云的蓝天。他听到动物在灌木丛中走动，他注意到鸟儿的叫声变了。一种新的东西进入了森林，一种令人忧惧，也许充满了危险的东西。他爬上他所能及的最高的树的顶端，向外望去，只见森林似乎正在起伏摇晃。

"罗摩，罗摩！"他喊道，"婆罗多带着一支庞大的军队来质多罗俱吒了。告诉悉多藏在小屋里，准备好你的弓和箭。他是来攻击我们的，我敢肯定！"

"罗什曼那，下来！"罗摩回应道，"婆罗多永远不会攻击我们，他是我们的兄弟。不需要带上武器。我们必须心平气和、满怀热忱地迎接他。你的弓就别拿了，准备欢迎仪式吧。"

罗什曼那不是那么容易被说服，他执弓在手，站在罗摩和悉多身后，等待婆罗多来到他们面前。婆罗多一看到罗摩，便从马背上跳下，冲到他身前，眼泪流过他的面庞。罗摩给了他一个温暖的拥抱，擦去了他的眼泪。

"罗摩，我为所发生的一切愧疚万分。你必须知道，我和我母亲的阴谋诡计没有任何关系。跟我一同归去吧，成为我们的土地和人民的王，那是你应得的位置。"婆罗多哭泣着说道。

罗摩让他坐下来，转身迎接他的母亲和其他王后。当他看到她们穿着哀悼所用的朴质白衣时，他的心跳停止了。"母亲，"他边向㤭萨厘雅行触足礼边问道，"发生了什么事？你们为什么都穿成这样？"

㤭萨厘雅和其他王后开始哀号。设阇卢祇那开口说："罗摩，我们的父亲已经去世了。他去了祖先的国度，那是他生前的一切善行为他赢得的福报。"

罗摩倒在地上，仿佛被一道闪电击中。他那平静、明朗的脸被悲伤笼罩，清澈的眼睛里噙满了泪水。他默默地哭泣，泪水浇灌着面前的大地。罗什曼那沉默地站立着，脸上也满是悲伤。悉多在侨萨厘雅耳畔轻言抚慰，将她和其他王后带到了他们的小屋前所生长的阎浮树的树荫下。兄弟们、悉多和他们的母亲们作为家人团聚在一起，默默祈祷十车王的灵魂能安然地前往祖先与诸神之地。

当他们都平复了情绪后，婆罗多开口了："罗摩，跟我归去吧，阿逾陀城需要一个新的国王。瞧，我们所有的王室成员都在这里。人民也是如此。我们都希望你能接替我们父亲的位置，登上王位。"

"婆罗多，我不能这样做。我受国王的命令约束。我不能违反我们父亲的意愿。"罗摩说，"王国在你手中便可安然无虞。你将成为一个好国王，因为你是一个好人。我们都信任你。"他说着，转向祭司、诸臣与王室成员们，"感谢你们经过这段艰难的旅行来到这里，你们是我的师长，本该由我到你们那里去的。"

"回来吧，罗摩。"王室的祭司极裕仙人说，"国王过世之后，他的愿望和命令无需再遵从了。"

"国王也是我的父亲，"罗摩答道，"既然他已经不在了，送我到森林便是他最后的意愿。做我父亲要求我做的事，乃是我作为一个儿子的责任。师尊，我不想和您争论，我心意已决。我将在森林里度过我十四年的流放生涯。您曾教导我，正法是非常重要的。

"随侍在婆罗多身边吧！教他做一个好国王，一个关心他的子民胜于关心他自己的国王，一个能使最贫穷的人也能得到公正对待的国王，一个不顾自己利益也要信守诺言的国王。这是我们的父亲十车王教给我的。要成为他那样的国王并非易事，因此在此的诸位——祭司、大臣和将军们都得要鼎力支持婆罗多，让他从你们的经验中受益，给予他你们的忠诚；要像对待自己的儿子一样对待他；要对他善加建言，坚定他的决心；要护卫他的疆土，使他知道国中的一切事；要提醒他心存慈悲和尊重。最重要的是，要让他永不负对人民的职责。"

罗摩转向婆罗多，说道："去吧，我的兄弟。阿逾陀还在等待着你。"

"当你还活着的时候，我是不会坐在阿逾陀的宝座上的，"婆罗多坚定地说，"我知道，我对我们的人民负有责任。我将以你的名义在城外统治。十四年后，我将与你一起进入阿逾陀城。罗摩，请把你的凉鞋给我。它们将是你存在的象征，象征着我们的王国得到了你的祝福，象征着终有一日，你将回来统治我们所有人。"

看到罗摩和婆罗多心意已决，再难说服，极裕仙人便向他人示意此乃成命。朝臣们退到远处，以便国王的家人能在一起团聚片刻。

眼见太阳快要西沉，婆罗多便起身离开。"罗摩，我将不负使命，为你安邦定国。"他说，对兄长行了触足礼。在告辞前，他拥抱了罗什曼那，在悉多面前躬下身。当他离去之时，他双眼注视着地面。

一如既往，质多罗俱吒的人们在安谧中度日。"罗摩，我在这里真的很幸福。"一天，悉多如此说道，"生活是如此简单，如此纯粹。我们对树木、花草和水果知晓了这么多。我们已经学会尊重大地给予我们的一切。这不是我们在城市中能够学到的。"

"好吧，你的大地母亲肯定给了你一些精美的装饰品。"罗摩在悉多纤细的手腕上套上了一条鲜花串成的手镯，微笑着说，"亲爱的，这些娇嫩的花朵与你真是珠联璧合。"

"但是我依然心存忧虑。"悉多继续说道，"罗摩，为什么在此地你依然需要武器？我们过苦行生活，无需弓箭剑盾。鸟兽是我们的朋友。质多罗俱吒没有危险。我担心你的武器会引发暴力，因为你随身携带武器，所以终有一日会使用它们。当我们回到城市，而你成为国王时，你自然应当武装自己，武士和国王本应如此。但现在，你为什么不把它们弃掉？"

"亲爱的悉多，若事情只是这样简单就好了。"罗摩叹了口气，"我携带武器不是为了保护自己，而是为了保护他人，保护那些需要帮助的人和那些因为弱小而无法保护自己的人。有时，为行正道，暴力是必要的。这是武士的守则，我必须遵守。这乃是我安身立命的正法，无论身在何处，森林抑或城市，我都必须坚持。此外，我向居住在这些地区的仙人们保证，我将保护他们免受罗刹和其他恶兽的侵害。我必须妥善养护武器，使其锋锐。但请放心，我知道你永远不会让我擅动武力。"

罗摩、悉多和罗什曼那在质多罗俱吒宜人的草地和小树林中徘徊，不知不觉到达了投山仙人的居所。他也被称为"壶生"，因为他是从一个壶里出生的。投山仙人见到罗摩甚是喜悦，祝福了他。"罗摩，我一直在等你，"他说，"我有武器必须给你。这些武器皆来自诸神：镶有宝石的巨弓，取之不竭的箭袋，散发神芒的利剑。罗摩，用它们来对抗你的敌人，而不是用于对付他人。"罗摩接受武器后看着悉多，她微笑着，知道罗摩不需要这仙人的告诫。

"罗摩，你应该走得更远。"仙人建议道，"为了履行对你父亲的诺言，你需要远离人类的住地。"

因此，他们三人继续前行，深入了可怕的弹宅迦森林。突然之间，他们听到了巨大的吼叫声，如此不似人声，叫人毛发直立。"悉多，站到我身后去！"罗什曼那喊道，从箭袋中抽出箭来。

就在他们有所动作之前，一个庞然大物冲过林间，朝他们扑来。他穿着沾满鲜血和脂肪的兽皮，所持的长矛上串着大象、老虎和野猪的头颅，看起来万分凶恶。他将罗什曼那掸到一边，就好像他不过是只苍蝇。眨眼之间，他便抓住了悉多，把她放在他那宽阔的臀部上。

"我不能忍受别人碰悉多！"罗摩怒不可遏地大喊，射出一阵箭雨。

罗什曼那回过神来，冲过来用他的利剑去攻击那生物。目光所及，只见箭头金光闪烁，就像兄弟俩迂回和躲避时造出的尘云中闪现的闪电。只用片刻，他们便切断了这生物粗大的手臂。他的尸体坠落到林间的土地上。悉多险些吓掉了半条性命，再次与罗摩在一起方才感到安全。兄弟俩把悉多带离了那个庞然大物坠地的地方。当他们走出很远的时候，他们才坐下来歇口气。

"罗什曼那，这便是森林的危险之所在。"罗摩平静地说，"我真希望我们没有将悉多一同带来。之前我们住得离仙人居住的地方很近，因此尚算安全。但是，当我们深入这个不见天日的密林时，我们将面对越来越多的可怕生物。我们将如何保护这位娇弱的公主？"

"兄长，别害怕，"罗什曼那说，"我在你身边。你和你的妻子绝不会遭遇厄事。我将更加勤于养护武器。现在，我们必须找到一个安全的地方来建造小屋并安顿下来。"

他们走得更远，谨慎而机警，寻找一个可以栖身，也能让他们随时注意四方动静的地方，以防再次遭到袭击。他们全都被这次袭击所惊扰，但是罗摩却露出了开朗的表情，试图让悉多的心思转向别处。他谈到他们要盖的小屋，并在她继续为被怪物抓住而后怕颤抖时，温柔地逗弄她。

在那天日落之前，他们找到了一个可以建起居所的僻静之地。它离河不太远，但是离茂密的森林足够远。前面有一片空地，悉多可以种植她的植物，喂养那些总是来找她的鹿、松鼠和鸟。另外，小屋位于地势较高的地方，因此罗摩和罗什曼那可以随时观察整片区域。

尽管五榕美丽静谧，但危险的感觉仍然萦绕不去，兄弟俩认为最好保持警惕。罗什曼那每天早上都把武器磨光磨锐。剑刃像银色的月光一样银辉闪闪，箭尖则像太阳一样金光灿灿。武器照亮了存放它们的小屋一角。

一天，悉多从河中沐浴回来，和两兄弟一起坐在小屋外面，随口闲聊各种琐事，例如最近在附近生产的母鹿，又如从树上摘下毕婆果实的最佳时机，再如下雨时要如何使自己保持温暖和干燥。悉多看着她英俊的丈夫，心想自己是多么幸运：爱上这样的男人，又能为他所爱。罗什曼那也是个好人。她再次为所拥有的一切美好事物而感谢诸神，即使她身为公主却必须在森林里生活十四年。

当时满怀爱慕之情注视罗摩的并不仅有悉多一人，还有隐藏在附近林中的一个罗刹女。她的名字叫首哩薄那迦，她注视着罗摩，眼中同样充满爱意。她注意到他强壮的胳膊、宽阔的肩膀、坚实的胸口和修长的双腿。那如同莲花花瓣一样的明亮眼睛和黑如鸦翼的眉毛叫她意乱情迷。首哩薄那迦以前从未见过如此有魅力的男子。她是罗刹女，按照自己的规则在森林里自由生活，所以她决定把他弄到手。她跑出树林，走到罗摩与妻子和兄弟坐在一起的地方。刹那之间，仿佛乌云笼罩了太阳。微风息止，空气中一片寂静。

"我叫首哩薄那迦，这片森林是我的游乐场。我可以去任何我想去的地方。我希望你成为我的人。"她用沙哑的声音说，"我不在乎你是谁，也不在乎你来自哪里！"

罗摩望着首哩薄那迦，丝毫不为所动。他见她个头庞大，张开的嘴巴里长满了尖牙利齿，粗狂的头发垂在脸的两边，腹部下垂，还长着锋利的黄色利爪。他从容地告诉她自己是谁，为什么会出现在森林里。"和我一起走，"她乞求着，向他伸出巨大的手臂，"我爱上你了！"

"但我已有家室。"罗摩说，护在悉多身前，此时她如同在暴风雨中的树叶一样颤抖不休，"如果你想要个同伴，为什么不问我的兄弟罗什曼那？他现在尚未婚娶。"

"罗摩，这可不是开玩笑的时候！"罗什曼那喊道，他剑已出鞘，紧握手中，"这个女人很危险。看着她——她可是森林里的野兽！"

就在那一刻，首哩薄那迦朝着悉多猛冲过去，她的爪子在空中大张，张开的大嘴仿佛要一口吞掉那娇弱的公主。当悉多在罗摩身后昏倒时，罗摩伸手抓起他的弓，大喊："罗什曼那，切掉她的鼻子和耳朵！快！"

"罗摩，让我杀了她！"罗什曼那大喊。

"不行！"罗摩大声回应道，"她是个女人！"

罗什曼那的剑在半空中发出一声长啸，云后太阳的光芒从剑刃上弹起。瞬间，首哩薄那迦就浑身洒满几近黑色的暗色血液，那血从她的鼻子和脸的侧面喷涌而出。她痛苦地号叫着，冲回森林，奔跑时扯开了低垂的树枝，踩在开花的灌木丛上，将植物和香草压进了地面。当她的惨号声消退时，森林似乎重新开始呼吸了——鸟儿紧张地叽叽喳喳，微风重新阵阵吹拂，好像不确定危险是否已经过去，河水的甜美之歌则再度响起。

"我敢肯定这不是我们最后一次见到这般情景。"罗什曼那说着，擦掉了那罗刹女的鲜血。两位王子唤醒了悉多，在她的脸上洒了水，并按摩了她的脚底。他们将她带入凉爽、昏暗的小屋内部，试图让之前片刻的记忆消失。悉多依偎着罗摩，仍然颤抖着，罗摩在她贝壳状的耳旁低声说出充满爱意与安抚的话。罗什曼那向他们的武器躬身，稳下了心神，想起了众友仙人在他们年少时教给他们的知识——如何运用诸神之能赋予弓、箭、矛、剑和盾以力量。

首哩薄那迦跌跌撞撞地穿过森林，捂着脸，试图用双手堵住流淌的鲜血、鼻涕和愤怒的眼泪。她继续穿行，直到到达阇那私陀那，她的兄弟伽罗与一支罗刹军队一起住在那里。她倒在伽罗的脚下，颤抖着，抽泣着，流着血，发着怒。

"姐姐，谁对你做了这样的事？"伽罗吼道。他抬起她的身子，因她那残缺不全的脸而恐惧。"告诉我是谁！我发誓他再也见不到日出了！"

"森林里有两个男人，一个女人陪着他们。他们说他们是阿逾陀城的王子。是他们这样待我的，就是他们！"首哩薄那迦抽泣着说，"这是对我和罗刹的侮辱，你可要为我报仇雪恨！"

伽罗召唤了他最有经验的十四名战士，他们中的每一个都曾杀死了数千种生物。伽罗将武装到牙齿的他们派去消灭伤害他姐姐的人。

罗摩和罗什曼那已经准备好了。当十四个罗刹从四面八方进攻时，他们背靠背地站着，无所畏惧。箭雨从弓上飞出，一无虚发。罗刹的长矛被他们的盾牌挡开，掉落在地，毫无作用。两位王子闪避着，互相掩护。没过多久，他们便浑身是汗地挺立在十四个死掉的罗刹之中。

伽罗得知他那些骄矜的勇士被击败后，便立即派出由他的兄弟突舍那领导的一整支军队。当他们出发时，恶兆充斥着天空——一朵颜色如驴的浓云在罗刹部队上降下了脏雨，豺和鬣狗在旷野发出嚎叫，火热的流星在正午时分撕裂了天空。但是罗刹军队并没有受到阻吓。

一万四千个罗刹也非阿逾陀城的王子的对手。罗摩手持众神的武器，独自面对他们。他身披的铠甲如此明亮，以至于闪得对手睁不开双眼。罗摩看到罗刹军队的战旗在尘土飞扬的风中飘动时，便拉开了那把曾属于毗湿奴的大弓的弦。巨响在世间回荡，四面八方的罗刹都倒下了。色如朝阳的箭从那弓上飞了出来，燃烧着大火，落在罗刹士兵的头顶上。

罗摩施用从众友仙人那里学到的魔咒，令矛和投枪无声地飞过空中，击中了目标。很快，一万四千个罗刹横尸在阇那私陀那，身体被箭和矛刺穿，武器破裂，铠甲染血撕裂。甚至众神也来观看这场伟大的战斗。他们站在天空中，鼓掌、欢呼，并在胜利的罗摩头顶上撒下芬芳的鲜花。

首哩薄那迦看到自己的兄弟伽罗、突舍那和底哩尸罗娑全部横死在地，发出愤怒的嘶吼。她调动起自己全部的智慧和力量，飞向楞伽，那个城市由三界中所有罗刹之王、她兄弟中最强悍者罗波那统治。

罗波那与其他罗刹不同。他是所有罗刹中最伟大的一个。他有十个头和二十个胳膊。他强大有力，博学多才，还是一位杰出的音乐家。他的苦行如此严厉，以至于众神不得不给他恩赐，使他越来越强大。他像因陀罗统御天国一样统治着楞伽。他的宫殿巨大，土地丰饶，人民富裕而幸福。他拥有神奇的战车"云车"，它可以在乘车者的思想指引下在空中飞行，可以去到任何人心中所想、思绪所往的地方。但是罗波那骄横自大，相信没有什么可以阻止他获得他想要的东西。

首哩薄那迦闯入罗波那的宫廷，双眼闪动。"瞧啊！瞧啊！"她哭了起来，朝哥哥露出她残缺不全的脸，"当我受到这样的对待时，你怎么能坐在这里观赏歌舞！起来！拿出行动来！如果他们能对我这样做，那很显然，世界上有人尚不畏惧你！"

罗波那摇了摇头，将十个王冠戴到十个头上。"你在说什么？三界中谁不惧怕我！"他咆哮道。

"罗摩刚刚杀了一万四千个罗刹，其中包括我们的兄弟伽罗、突舍那和底哩尸罗娑。他独自一人战斗。罗波那，起来吧，你的死期快到了！"首哩薄那迦说。

"妹妹，别说废话了。罗摩是谁？他从哪里来？他现在在哪儿？"罗波那咆哮道，二十只眼睛都燃烧着怒意。

"罗摩是阿逾陀城的王子，他与妻子和兄弟一起被放逐到森林中十四年。"首哩薄那迦话语间平静了一些，因为她已经引起了罗波那的注意，"他的兄弟也十分有能耐，是个老练的战士。他就是切断我的鼻子和耳朵的人。

"但是你更应该去见见罗摩的妻子悉多，"她狡猾地继续说，"她美貌动人，乃是世界上最可爱的女人。她的皮肤呈金黄色，头发又黑又长，垂在她的纤腰上，如同黑夜的影子。她的脸比早晨绽放的莲花更加柔和精致。罗波那，那样的女人应该属于你。如果你杀死那些凶暴的人，杀了罗摩和他的兄弟，悉多就是你的！"

"嗯。"罗波那咕哝着，将他的妹妹和所有朝臣打发走。罗波那不能忍受竟然有一件美丽的东西不属于他。他的宫殿里已经堆满了三界最优秀的女人——众神的女儿们，达伊提耶和檀那婆的女儿们，还有乾闼婆与龙蛇的女儿们。"再多一个也无妨。"当他召唤云车，并告诉这神奇的战车将他带到叔叔摩里质那儿时，他如此想道。

摩里质看到罗波那前来时，浑身颤抖，因为他畏惧自己的侄子和他那份野心。当强大的罗刹国王从宏伟的战车上下来时，摩里质向他鞠躬并给他水沐足。

"摩里质，我一直在看顾你。你不能违背我的命令。我要去掳走那个美丽的悉多，我已制订计划，你正好能派上用场。你把自己变成一只金鹿，将罗摩引到森林深处，我将把他的妻子带走。悉多将成为我的人。如果我必须返回杀死罗摩和他的兄弟，我会那么做的。但我为什么要担心这些软弱无能的人类呢！"

"啊，罗波那呀！不要与罗摩成为敌人，"摩里质恳求道，"他与众不同，殊非凡俗，众神爱他。您与他的仇恨可能是罗刹的末日、伟大王国的终结，甚至是您的末日。罗波那，回到您的游乐林苑和您的女眷们身边去吧。不要去惊动悉多。不要去招惹罗摩。听我的话！"

"你这个胆小鬼！"罗波那大喊，"来吧！上云车！我没有时间浪费，也对你那可笑的恐惧不感兴趣。如果众神都喜欢罗摩，他会被流放到森林里吗？会变成一个无家可归的流浪者，带着妻子和兄弟，睡在树叶上，吃着根和芽吗？"

一如既往，悉多正在屋前撒下小鸟吃的碎屑，等待她的小朋友们进来进食、梳理羽毛，并在为它们准备的水中沐浴。突然，她眼角看到了闪光。她环顾四周，在她的花圃前面看到了一只鹿。它用脚踩着地面，伸展着脖颈，轻啃草叶，腾挪跃动。小鹿在阳光下闪闪发光，一侧是金色，另一侧是银色。它的蹄子像钻石一样耀目，眼睛像深色的蓝宝石般闪烁，鹿角则像抛光的玛瑙一样闪闪发光。

"罗摩！罗什曼那！"她高兴地喊了出来，"来看看这只鹿！我从未见过这样的小鹿。啊，我必须拥有它。为我抓住它！"

罗摩从河里出来，罗什曼那停止擦亮武器，来到悉多所在的地方。

"亲爱的，你真的想要它吗？"罗摩问，"应该不难捕捉。我帮你将它逮来。"

"罗摩，不行！"罗什曼那说，"这肯定是一个诡计。看看它的样子。这不是普通的鹿。罗刹正等着报复我们前几天的所作所为。他们可以选择任何形态，幻化成他们想要变形成的任何东西。不要去追赶这动物。"

鹿靠近了些，然后又跳开了，似乎是在要求罗摩追赶它一样。它在树林之间跳跃，一会儿藏身不见，一会儿又忽然现身，就好像季风时节云中的闪电一样。

"罗什曼那，你离家太久了。你在每一个地方都看到危险。它只是一头鹿。我要抓住它。"罗摩说。他拿起弓箭和箭袋，迅速跑向鹿所伫立等待着的森林边缘。"悉多，这只鹿是你的了！"当他跟随鹿进入树木的黑暗阴影时，他大声叫道，"罗什曼那，别让悉多落单。我会回来的，比你想的要快得多。"

"悉多，进屋。"罗什曼那粗声说，"我很担心，我觉得我们不安全。"

罗什曼那取出了武器，开始武装自己，催着悉多走进小屋。但是就在她进屋之前，远处就响起了喊声："罗什曼那！悉多！"

悉多停下了脚步，惊慌失措。"那是罗摩的声音！罗什曼那，他处于危险之中。去找他，救救他！把我心爱的罗摩带回来给我！"她哭喊着说。

"悉多，那是罗刹的魔力。那不是真正的鹿，这也不是罗摩的声音。"罗什曼那说，尽管他已备好了长弓。

"那就是一只鹿，这也一定是罗摩的声音，无论身处何地，我都能辨听出他的声音。"悉多哭泣着说，"噢，罗什曼那，我求求你，救救你的兄弟！"

"我不能去找他，我不能把你留在这里，无人保护。"罗什曼那尽可能平静地说，他能感到一阵紧张的情绪从他的脚上升到了头顶。他知道大事不妙。

“没有罗摩，我活不下去。”悉多说，脸上流着泪，“我会留在小屋里，我向你保证。拜托，拜托，去追你的兄长，帮帮他！”

“好吧，”罗什曼那说，“无论发生什么，都不要离开小屋，不要走出花园。即使你听到我在大声呼救！”他跟随罗摩和金鹿的脚步走进森林。

悉多走进小屋，擦干眼泪，祈祷她心爱的丈夫和他勇敢的兄弟一切平安。她恳求森林的神灵和大地母亲，使他们毫发无损地回到她身边。

过了一会儿，她听到有人在呼唤。“主母，主母！”那声音说，听起来苍老而疲惫。她从小屋里朝外小心望去，看见一个老翁，带着木棍和铁壶，因为年长而驼了背。悉多并没有多想，将勺子浸入罗什曼那为她制作的陶罐中，递出屋外，把水给那个站在她身前的衣衫褴褛的老行脚僧人。

“您饿了吗？我可以给您吃点东西吗？”她好心地问。

“是的，劳驾。”老人的声音颤抖着。

悉多走进小屋，拿了一些水果。她想把它们递出屋外给那老人，但他说：“我实在疲累。请把它们送到我身前。”

悉多走了出来，越过了她花圃边缘的花坛。她伸手把水果放到他递出的碗里，把罗什曼那要她留在花园里的警告抛诸脑后。

刹那间，老人甩开了长袍，十头的罗波那朝着悉多伸出了他那二十只胳膊，把她横抱起来。他呼唤云车前来，树林中回荡着他的大笑。悉多尖叫道：“罗摩！罗摩！罗什曼那！你们在哪儿？救救我！"但是罗波那抓住了她的腰，把她甩在肩上，登上那神奇的战车。

"我的美人，这里没有人可以帮你！"当他敦促云车升入森林上方的天空时，他大喊，"罗摩只是凡人。我是罗刹之王罗波那！他可没法把你夺回去！"

云车升上树林时，金色皮肤的悉多在罗波那的黑臂中哭泣不休。云车撕裂天空时产生了一阵狂风，罗波那残酷的笑声像暴风雨前的雷声一样震动了整个世界。在下方的地面上，鹿、兔子和松鼠跟着云车的影子奔跑，它们的目光追赶着被掳走的温柔朋友。树木摇曳着，伸出树枝，好像要从劫持者那里夺回悉多。灌木丛和草丛似乎在哭泣，仿佛无法忍受见到悉多被从她那森林小屋和安静的生活中拉走。"快点，快点！"罗波那向云车喊道，手里抱着悉多，她头发、脖子和手腕上的花朵像雨一样落下。

巨鹰阇陀尤栖息在森林中心的树上。阇陀尤是三界有史以来最出色的勇士之一，他是十车王的朋友。他现在已经年迈体衰，便远离人类而居，让他疲惫的翅膀歇息，靠附近能获得的食物为生。但是他依然耳聪目明，知道周围土地上发生的一切。他听到了很大的骚动，抬头看时，看见一辆战车飞过他上方。

战车上似乎有一个女人，他可以听到她痛苦的呼喊。"那是悉多吗？我知道她和罗摩及罗什曼那住在森林里。"他自言自语。阇陀尤将他巨大的翅膀一挥，便朝天上飞去。他扫视着周围的天空，认出了云车，知道它属于罗刹之王。当他飞近时，他的心跳加快了。他知道，如今无论是谁与战车中的罗波那在一起，那人都不想待在那儿。

阁陀尤切进了云车的行进路线，他拍打着巨翼，锋利的喙和爪已待动武。"停下来！"他大喊道，"谁在那里？你和谁在一起？"

"滚开，你这老傻瓜，"罗波那吼道，"回到森林里睡觉去。这里没你什么事！"然后他驾车朝那大鸟直冲而去。

"救救我！我是罗摩的妻子悉多！"悉多哭喊道，希望这只巨鹰是友非敌。

阁陀尤朝战车猛扑而下，用爪子攻击罗波那。罗波那拔出剑，向他疯狂地砍去。阁陀尤转身再次俯冲，用尖锐的喙攻击罗波那的二十只胳膊和十个头。罗波那的黑血从阁陀尤造成的伤口中流了出来，但罗刹每只强大的手臂都挥舞着致命的武器，很快就击败了那只年迈体衰的大鸟。罗波那砍下阁陀尤的翅膀，那只大鸟便从树梢坠落到地面。当他掉落在地时，大地震动，他躺在那儿，尚留着最后一口气。"罗波那，你要为此付出代价！"他声音嘶哑地说，"罗摩将是你的死神！"

罗波那毫不理会，径直朝着楞伽飞去。

与此同时，罗什曼那在林中艰难前行，试图找到罗摩和鹿。他穿过树林和空地，砍掉爬山虎和藤本植物，在呼唤哥哥的时候绊倒在树根上。他上气不接下气地喘息着，心思在担忧被他独自留下的悉多和恐惧罗摩的遭遇之间摇摆不定。但是他继续前行，弓紧系在肩膀上。突然，他看到罗摩站在一片空地上，脚踩着扭曲的罗刹尸体。"罗摩！"他大喊道，"你没事！这是什么？鹿在哪里？"

"罗什曼那，你说得对。这是个罗刹。我的箭一刺穿鹿，它就以我的声音向你发出了呼唤。而这可怕的罗刹从它体内现形了。他现在死了，我们没危险了。哎呀，不好了！"他环顾四周，说道，"你把悉多一个人留下来了吗？"

罗什曼那痛苦地点了点头。

"你怎么能这样做？你知道周围有罗刹！什么事都可能在她身上发生的！"罗摩还没说完就开始拔腿奔跑，冲向他们曾幸福地居住在一起的那个小木屋。

罗摩无视拍打在他脸上的树枝、刺伤他手臂的荆棘以及挡在他前路上的碎石，慌乱无措地冲回了小屋。

罗什曼那跟在他身后，但罗摩的目光只注视着等待着他的一切。"悉多！悉多！"他在小屋内外、花丛中、河边，甚至在树丛中四处寻找，喊叫着。"罗什曼那，她不见了！有人抓走了她！"他跌倒在地，哭了，哭得好像他的心脏已经碎成了一千块，"罗什曼那，我毫不介意失去王国，但我无法承受失去悉多！"

猿猴国度

罗什曼那跑向他的兄长，将他从地面扶起。"罗摩，别灰心丧气。我向你保证，我们将把悉多带回来。无论她在哪里，我们都会找到她。无论是谁抓走了她，我们都会摧毁他！我以身为武士的荣誉发誓！现在，来吧，打起精神来，我们不能拖延。"

罗摩闭上眼睛，让呼吸停匀，精力集中。他轻声说："有福的森林神灵，有福的树木、花草和动物，悉多爱你们大家，你们也爱她。你们看到了我不在时发生的一切，你们知道是谁带走了她。请帮我找到我心爱的悉多。"

他睁开眼睛，说："罗什曼那，我们朝这边走。我敢肯定，带走悉多的人朝那个方向去了。"

兄弟俩迅捷地穿过森林，大睁着眼睛，保持着警觉。他们看到破碎凋零的花朵散布在林间的土地上。不久，他们听到有人在呻吟，呼吸沉重。他们朝着声音奔去，见到了那巨鹰阇陀尤，他曾试图拯救悉多，如今却倒在一片空地上。

罗摩跑向他。"阇陀尤！我父亲的朋友！谁对您下此毒手？"

阇陀尤疲倦地摇了摇头，嘴里流着血。"啊，罗摩，很抱歉让你看到我这般模样。"他叹了口气，"我试图在天空中阻停一辆战车。一个女人被强行带走了。但是我被打败了，罗摩。我想，我在人间的大限已至。"

"那个女人乃是我的妻子。"罗摩喊道，"拜托，阇陀尤，谁把她带走了？他要带她去哪里？你能记得，你能告诉我吗？"他恳求道。

"那一定是罗刹之王罗波那，"老鸟低声说，"别无他人拥有这样的飞车。愿我的遗言能助你一臂之力！"他说着，咽下了最后一口气。

罗摩和罗什曼那埋葬了高贵的阇陀尤，给了他与父亲相同的尊重和荣誉。但是他们没有逗留太久，而是又朝南方出发去寻找悉多。他们匆忙前行，几乎不停下来进食或休息，希望可以找到一些向他们指明悉多去了哪里的东西。就在此时，他们听到林间传来一阵深沉的隆隆声，距离很近，令人警惕，他们便立即执起了武器。

在他们的眼前，一个庞然大物出现了，与他们之前所见过的怪物不同，他的身体上没有头，在他巨大的肚子中间长着一张巨口，里面长满了泛黄的牙齿。他的腿犹如树干，每只胳膊仿佛长达一里。当他吼叫时，他的声音似乎传自天空：

"你是谁？你要去哪里？森林之神把你当作食物送给我——你休想从我身边越过！"

这罗刹伸出他强壮的胳膊想要来抓住两位王子，但就如同当初打倒那企图抢走悉多的森林生物一般，他们砍下了他的胳膊。这罗刹血流如注，因伤口剧痛而迷迷糊糊，跌倒在地。

"我们是武士。"罗摩说，"我是罗摩，阿逾陀城的王子，十车王的儿子。我不怕你。"

"我一直在等你，"罗刹叹了口气，"我叫迦槃陀。我原先可不是这样不成人形、面目可憎的怪物。为我烧掉这个身体，你所想要知晓的一切，我都和盘托出！"

兄弟俩把迦槃陀带到一个被遮掩的大坑中，准备好葬礼的柴堆。迦槃陀以他的原形从火焰中现身，他就像太阳一样光辉四射，如娑罗树般高大挺拔。"我知道你正在寻找被罗波那劫走的妻子。你需要一个盟友才能将她夺还。去和妙项交朋友吧，他是积私紧陀那些强壮有力的猴子的流亡国王。他是你需要的朋友。"

"请不要拖延。告诉我，我会在哪里找到妙项？"罗摩大叫道。一想到悉多被囚在某个遥远的地方，他的眼中就噙满了泪水。

"罗摩，从这里往西走，"迦槃陀说，"走到森林边缘，你会来到一个叫作般波池的美丽湖泊，那里到处都是水鸟和莲花。在湖的东面是哩舍牟迦山脉，妙项和他的臣子们就住在那里。找到他，与他结盟。"迦槃陀说完便飞向天空，他的声音渐渐消失在树梢上方。

罗摩和罗什曼那向西转去。在太阳的引导下，他们行进到了弹宅迦森林的外缘，然后继续前进，去往积私紧陀。

在这个满是洞窟、湖泊和隐秘水源的多岩地带，一群猴子从小山顶上看着两位王子进入他们的土地。"他们会是谁呢？"猴子们交头接耳，"他们如武士一样武装自己，但又穿着苦行者的衣服。"

妙项是这个小猴群的领袖，他们定居在哩舍牟迦山上。他最值得信赖的同伴是风神伐由的儿子哈奴曼。"哈奴曼，探查出他们是谁，想要什么。"妙项对他说，"我们在这里从未见过这样的人。"

哈奴曼跳下了山，速度比思想还快。转眼间，他便站在罗摩和罗什曼那之前。他向他们躬身，开口说："我是风之子哈奴曼，我的主公是妙项，我们住在哩舍牟迦山上。敢问二位尊姓大名？是什么把你们带到群猴之乡积私紧陀？"

罗摩看着哈奴曼，他真是一只英勇、高大而又无畏的猴子。"我是罗摩，是十车王之子、阿逾陀城的王子。这是我的兄弟罗什曼那。我的妻子被罗刹王罗波那劫走了。我们寻求您的主人妙项的帮助。您能带我们去找他吗？"

哈奴曼将两位王子抬到他肩膀上，跳过岩石，跃上哩舍牟迦山的陡坡，将他们放到妙项面前。他将罗摩和妙项介绍给了对方，然后和罗什曼那一起小心翼翼地退到一旁。

"妙项，经人指引，我来到贵地。我被告知，您可以帮助我找到我的妻子，她被罗刹王劫走了。告诉我，您会成为我的盟友吗？"罗摩不想浪费时间，便开门见山地说道。

"阿逾陀城的王子，我们可以达成协议。"妙项狡猾地说道，"您帮助我，我便会帮助您。"

"您要求什么，我都可给予。"罗摩说。

"很好，"妙项说，让罗摩落座在草席之上，"我和这几个追随者住在这座被遗忘的山上，因为我的兄长波林将我从积私紧陀王国放逐了。听着，我会告诉您我的故事。

"我的哥哥波林在积私紧陀城统治着这片伟大土地上的所有猴子。一天，一个可怕的恶魔来到了我们的城门口，向波林发起了挑战。他们大战几天几夜，越过了丘陵、山谷、湖泊、河流以及洞穴。我担心我的兄弟，所以我跟着他，希望我能对他有所帮助。之后，波林和那恶魔落入了一个巨大的洞穴之中。我站在外面等着。许多天后，我听到了惨叫声，鲜血开始从我脚下的洞穴口中流出来。我确信我的兄长已经被杀，便移了一块巨大的岩石堵上洞口，以困住那个可怕的怪物，以免他出现并伤害我们的人民。我跑回我们的城市，告诉所有人发生了什么事。我哀泣痛苦、筋疲力尽，以为我的兄长已经被杀，因此而心碎。

"猴子的臣民将我立为国王，以取代波林的位置。我统治了一段时间。但有一天，波林又出现了。他指责我试图通过堵住洞穴的入口而谋害他。他说我从他手里夺走了王国，作为弟弟，我无权在他还在世的时候进行统治。我说出的话不能说服他。把我从积私紧陀放逐之前，他甚至还夺走了我的妻子。这几只忠诚的猴子与我同在，他们知道我所思所做的根底原委。

"请帮助我夺回我的王国和妻子。一旦杀死波林，我便会召来成千上万强大的猴子和熊，助您找到妻子。他们将前往大地的四个角落，直到找到她，他们才会歇息。然后，我们将组建一支强大的军队，把她给夺回来。罗摩，您对此有何想法？"

罗摩毫不犹豫地伸出了手。"妙项，让火成为我们永恒友谊的见证吧。我会按照您的要求行事，以换取您的帮助。"

"但是我怎么知道您能与波林匹敌？如果他是比您更强大的战士怎么办？毕竟您是人类，而波林的父亲是众神之王因陀罗。"妙项说。

罗摩什么也没说，他自箭袋中拔出了一支锋利无比的箭。箭穿破空气，如呼吸般无声无息。它刺穿排成一列的七株娑罗树，然后飞回到罗摩身前，罗摩单手抓住了它。妙项躬身，向罗摩行了触足礼。"罗摩，请原谅我怀疑您。成为您的盟友是我的荣幸。"

"明天叫波林出来，告诉他您想和他战斗。我将躲在这棵树后面，等待合适的时机杀死他。"

第二天早上，妙项来到积私紧陀的大门前，叫波林出来一决雌雄。波林对妙项说："你在做什么？你知道你无法在战斗中击败我。愚蠢的猴子，你不想活了吗？"

"波林，你的傲慢将杀死你。"妙项回答，"我们去平坦的地方，一决高下！"

这对猴子兄弟之间开始了一场可怕的战斗。他们用牙齿和指甲互相攻击，又抓又咬，叫对方流血。他们用拳头和脚互相殴打，互相扔石子和石块，把树木连根拔起，向空中投去。他们号叫咆哮，大地都为之震撼。

罗摩在树后静静观战，他的弓上已经搭上了利箭。很快，波林明显占据了上风。妙项胸口惨遭猛击，跟跟跄跄退出战斗，只觉得天旋地转。当他逃跑时，波林笑着大喊："快跑啊，小弟弟！你不是我的对手！"

妙项跌跌撞撞地跑进了哩舍牟迦山的阴影中，他的追随者们在那里等着他。他们照料他的伤口和瘀痕，并擦去了他脸上的鲜血。"罗摩，你可真是个好朋友！"妙项气喘吁吁，"你在哪里？你为什么不采取行动？我被打个半死全是因为你！"

"妙项，很难分辨你们俩谁是谁。你和波林太过肖似。"

"那么，我们该如何是好？"妙项眼中满是恐惧。

"明天再向波林发起挑战。这次我不会弄错的。罗什曼那，把那棵开花的蔓草缠在妙项的脖子上，就像花环一样。靠它我将能分辨你们俩。"罗摩说。

第二天早晨，戴着花环的妙项再次向波林发起挑战。波林大摇大摆地走出城门，确信自己会轻易击败妙项。兄弟二人再次战斗，手足相缠，前额相抵。他们扭来甩去，将对方摔倒在地。然后，一支箭飞过空中，从背后击中了波林。他立刻倒地，也将妙项拉倒在他身上。妙项挣扎着站起来，低头看着垂死的兄弟。

"谁干的？"波林说，"当我与另一个对手作战时，谁在背后偷袭我？此等伎俩，绝非正道！"

罗摩从树后现身，来到波林跟前。"我是罗摩，是十车王之子、阿逾陀城的王子。我杀你是因为你对你兄弟做的恶事。你夺走了他的妻子，然后将他驱逐出王国。他比你小，你本应如同待亲子一般待他。波林，是你自己的所作所为导致了你的死亡。"

"但是，罗摩，你总是行正道的。我听说过你。你总是坚定地履行正法。你怎能躲藏在一边，当我与对手战斗时朝我放冷箭呢？这肯定是错的。"波林说。

"波林，你是一只猴子，"罗摩厉声说道，"你对何为对、何为错、何为正法、何为非正法又能知道些什么？你怎能质疑我所行之事？妙项和我有盟友之约。他的敌人便是我的敌人。你对木已成舟之事争辩质疑，为时已晚。"

"啊！人们看不到自己的所作所为会导致什么。罗摩，被你杀死乃是我的命运。"波林叹了口气，"但是我可以尝试弥补自己的行为。妙项，带走我唯一的儿子莺迦陀吧。照顾他，视他为己出，好好待他，虽然我从未善待你。让他在你之后，成为新的猴王。照顾我的妻子，她已经无依无靠。天色渐暗，我现在必须离去，回归我们祖先的土地。"波林握住妙项的手，咽下了最后一口气。

"妙项，波林曾是国王，"罗摩说，"在我们加冕你为积私紧陀之王之前，我们必须给他举行王室葬礼。记住波林对你的请求，善待莺迦陀，视他如己出。"

猴子们悲伤地埋葬了他们的国王，然后回到积私紧陀城举行加冕礼。

"罗摩，雨季很快就要来了，"积私紧陀的新国王妙项说，"我保证在雨季结束时召唤那些强大的猴子和熊。然后，我们将开始搜寻悉多。"

罗摩和罗什曼那住在积私紧陀岩山中的一个洞窟里，急切地等待季节更迭。每天，罗摩都变得越来越难过。雨使他想到悉多。她的头发像雷云一样黑，闪电是她皮肤的颜色，叶子上的雨滴是她的笑声——周围的一切使罗摩想起了他心爱的妻子。罗什曼那尽了最大的努力使他的兄弟快乐，但是能做的却寥寥无几。

几个月过去了，对罗摩来说却度月如年，厚重的雨云变轻了，被风吹走了。树木、花草和小动物摇动身体，朝着太阳转过脸去。艳阳回归应有之位，光照天穹。蜥蜴爬到岩石上取暖，鸟啭新曲，大地气象一新。河流纡萦归回往常的河道，就像蛇类蜿蜒地归家。

罗摩亦复又找到了劲头，对罗什曼那说："去积私紧陀，告诉妙项我已经准备好了。现在是他履行对我的诺言的时候了。雨季已经过去。现在该去找悉多了！"

罗什曼那到达了猴城的大门。他吼道："妙项！快让猴子们速速听你号令。罗摩正在等待。兑现你的诺言，帮助我们找到悉多，否则你会后悔不迭！"

他没等多久，妙项便出现了。他看起来好像在雨季里过得甚是快活——他变胖了，衣饰华贵绚烂，眼里满是血丝。

"罗什曼那，我听候差遣。"他低吼道，"将罗摩找来，在那边林下与我会面。我会叫你们看看我的能耐。"

当罗摩和罗什曼那到达妙项所指的树林时，他们感到大地在他们的脚下颤抖。天空变得昏暗，空中满是喧闹吵嚷。他们所见之处全是猴子——成千上万的猴子，大小不一，有灰毛的、棕毛的、白毛的和黑毛的，甚至还有黄毛的。有些猴子脸红，有些猴子尾长六尺，而另一些猴子则高大如山。他们从空中来到地上，大声谈笑，绊倒在树根上，自脸前拨开树枝。他们拔出开花的植物，朝嘴里塞。他们在池旁喝水，在水中嬉戏玩耍。

突然，一个低沉的声音从树下响起："信守承诺的猴子大王，感谢你和你的人民一起来到这里。我们手头有一项特殊任务，这项任务将确保吾等名声永存永续！你们可愿与我同去？"

猴子们大喊大叫，拍手咆哮，又踩又踏。妙项举起手来，叫他们安静。"这是我的朋友罗摩，他是十车王的儿子、阿逾陀城的王子。他已被流放出国十四年。当他在弹宅迦森林时，他的妻子被罗刹王劫持走了。我已经答应过他，我们会找到她。然后，我们将与我们的熊友一起组成一支此世前所未见的强大军队。我们将与罗刹战斗。我们将击败他们，并将罗摩的妻子带回来！"

猴子们再次欢呼，吹口哨并捶打胸口。"我将向北、南、东、西四个不同方向派遣出你们当中的俊杰，作为探子。你们有一个月的时间找到悉多。如果失败，请不要再回来，我的王国里没有你们的立足之地！"妙项咆哮道，"让群猴的领袖们来听我号令。"

罗摩和罗什曼那交换了眼神。罗摩脸上露出了一个小小的微笑。也许真正的助力如今就在眼前——妙项所激发出的力量叫他印象深刻。罗什曼那觉得罗摩重新抖擞了精神，希望取代了哥哥内心的绝望。他伸出手来，抚着罗摩的肩膀，点了点头。

妙项叫他的首领们聚在他周围，并将其分为四组，为每一组提供搜索的方向。他迅速将他们派往北方、东方和西方。然后他停了下来，若有所思地说："不知何故，我认为悉多已被带到南方。我让我最信任的同伴来探索该地区。哈奴曼！带上波林之子鸯迦陀，让他成为南方探险队的领袖。但是请细心看顾他，让他从你的经验和智慧中受益。明智的老熊阁婆梵也将在你队中，有需要时可向他寻求建议。"

哈奴曼向妙项躬身，然后来到罗摩身前，寻求他的赐福和祝望。罗摩拥抱这猴子时眼中含泪。"我知道你会找到悉多的，你会将佳音带回我身边。"他摘下戒指时说道，"带上我的戒指，在找到悉多时把它交给她。然后她会知道你是自我这里前来，你是我的使者。远行平安，早日归来。"

哈奴曼和鸯迦陀召集了他们的猴军，向南进发。哈奴曼做先锋，鸯迦陀断后。这些猴子都是神和乾闼婆的儿子，个个精神昂扬，满心渴望冒险。他们从一棵树跳到另一棵树，用树叶和花朵制成的花环装饰自己，采摘甜美的水果，彼此分享。

他们离开了积私紧陀的岩石和丘陵，穿越了河流、草地和森林。很快，他们就远离了他们所熟知的土地，进入了不太宜人的地区。山峦隐约，显得庞大而黑暗，山影笼罩在贫瘠的土地上。干燥的风吹起了沙尘，使这些强大的猴子迷了双眼。但是他们不断前行。

如今，他们进入的森林是他们所未曾见的。在这里，树木长得高大，树枝盘缠，遮天蔽日。树上垂下厚实的藤蔓，林间布满了苔藓，地滑难行。既无鸟儿婉转啼鸣，也无根果以供果腹。

猴子们疲惫不堪，筋疲力尽。他们饿了，想念自己的家和家人。"哎，为什么我们要投身到这冒险中来？"他们号叫道，"我们迷了路，我们饿着肚。我们甚至有家难回，因为妙项会因为我们未能完成任务而杀死我们。我们现在该如何是好？茑迦陀，你是我们的领袖，帮帮我们！"

茑迦陀看着哈奴曼。"别担心，我的朋友们，"风之子说，"我确信我们已经接近目标。瞧那边，我看到光更亮了，我们离森林的边缘已经不远了。现在不要灰心！"

猴子们步履蹒跚，并不太相信哈奴曼的话。但确实，树木开始变稀，光线变得更加明亮，很快他们甚至可以看到天空。他们脚下长满苔藓的地面变成了沙质土壤，他们可以听到远处隆隆的声音。叫他们大吃一惊的是，他们发现自己身处一片汪洋的边缘，波涛汹涌，拍击着岸边。

猴子们很是害怕。他们以前从未见过海洋，并且确信这些起伏不停的高大水墙乃是海怪的居所。他们挤在一块儿，看上去全不像是那些从积私紧陀出发的勇敢的、爱探险的猴子。慢慢地，绝望在他们中间蔓延开来，他们一个接一个地躺倒在沙地上，等待死神到来，将他们带走。哈奴曼和鸯迦陀都无能为力，因为大海也叫他们惊惑。

在离海岸不远的地方，一只没有翅膀的老鸟一直在看着猴子。他叫商婆底，是阇陀尤的兄弟。商婆底年轻时就失去了翼翅。一天，他和阇陀尤飞向天空，比以往飞得更高更远。阇陀尤想绕太阳转，但随着他渐渐靠近太阳，他的翅膀开始燃烧。商婆底乃是兄长，便猛然振翅，飞越过他的兄弟，保护他免受阳光的灼烧。阇陀尤得救了，但商婆底的翼翅却被烧掉。他跌落到地上，再也无法飞翔。他在邻近处摄食，但他常常食不果腹。

这一天，商婆底简直不敢相信自己的好运。"无疑，神灵仍然爱我，"当他看到猴子们躺倒在海滩上时，他想道，"看看他们给我送来了多少食物！"他伸了一个懒腰，走到猴群躺着的地方，所有的猴子都尖叫起来，能跑多远就跑多远，以为这怪物是来了结他们的。

阇婆梵走了过去，对那只鸟开口说话："商婆底，我的老朋友，上次见面时我们尚还年轻！你为何要吓坏这些使命在身的猴子？我们将与你分享我们找到的食物和水。坐下来与我聊聊，让我告诉你为什么我们都在这里。"

商婆底很惊讶看到他的老朋友，就和他一起坐了下来。阇婆梵继续说："我们正在寻找阿逾陀城的王子罗摩的妻子悉多。罗刹王将她从弹宅迦森林掳走。你的兄弟阇陀尤试图阻止他，救下公主，反被罗波那所杀。你能帮我们找到他吗？"

商婆底为他兄弟之死而大声哭泣，但随后平静了下来，说道："我看到一名女子坐在飞行的战车上被带走了。她又哭又喊。我心想，那一定是罗波那，他一定是要把那个可怜的女人带到他自己的城市，那个坐落在大海中间的楞伽。你知道，那地方很难到达。"

猴子们看到商婆底对他们没有危胁，便都聚集在一处。当商婆底继续说到达楞伽的唯一方法是一纵数里、再跃数里，直到越过海洋时，他们都听到了。

这在猴子之间引起了极大的骚动。"我可以跳十由旬*。"一只猴子叫道。"我可以跳二十由旬。"另一只猴子喊道，将他推到一边。"三十，三十，我可以跳三十由旬。"一只较小的猴子大喊。"五十由旬！"一只巨大的长尾巴黑猴咆哮道。

"噢，大海可远远不止五十由旬。"商婆底说，"我们需要可以跳过一百由

---

*　古印度长度单位。一由旬相当于一头公牛走一天的距离，大约 12 到 15 公里。

句的豪杰。”

“我想我可以跳过大概七十由旬吧。”莺迦陀犹疑地说道。

“哈奴曼，你为何坐在那儿一声不吭？”阇婆梵说，“你就是那可以跃过一百由旬然后再回来的人选！”

“此话当真？”哈奴曼说。

“哈奴曼，你天赋异秉，与其他的猴子不同。我要让你知晓你的天资。”阇婆梵说，“你是风神伐由的儿子。他向你的母亲安阇那保证，他要给她一个如他一般强壮的儿子。他将无所畏惧，像风一样迅捷，是个伟大的战士。

“有一天，当你还是个小孩子的时候，哈奴曼，你妈妈去河里洗澡，便留你一人待着。你睡着了，醒来后饥肠辘辘。你看到太阳升起，好似一个又大又圆的多汁水果。哈奴曼，你跳了起来，以你父亲那般的速度和力量在天上飞。你想抓住那多汁的水果并吃掉，所以你飞得更高更快。但是，就在那一天，造成日食的罗睺正好得令要吞噬太阳。他看见你，便奔向众神之王因陀罗。‘因陀罗，因陀罗！’他大喊大叫，‘其他人正要吃掉太阳呢！你许诺过，太阳乃是我的食物！阻止他！’

“因陀罗亮出了他那强大的雷霆，将其抛向空中，击中了你，你跌落在地，摔坏了下巴。见自己的幼子被因陀罗击倒，伐由勃然大怒。他躲藏进一个山洞里，停止了吹拂。这下三界里的所有生物可受尽了苦楚！他们肢体僵如木头，几

乎无法呼吸。没有风动气扬，植物、禽鸟和走兽也都深受其苦。

　　"最后，众生和神灵都来到了世界之祖梵天面前。他们拜倒在梵天的脚下，恳求他安抚伐由，让他再次在世间吹拂。梵天对伐由说：'你看看所有生物多么遭罪，我们该做些什么，好叫你开心？我们都应该赐福给你的儿子，以便他成为有史以来最强大的猴子吗？这样能让你高兴起来吗？'他柔和地问道。

　　"梵天将你放在他的膝上。他一碰到你，哈奴曼，你就像洒了水的花朵一样复活了。众神欢欣鼓舞，每个神灵都给你恩赐——神兵利器、拔山之力、机变之智、过人肝胆以及水火不侵的能力。哈奴曼，你是世界上最强大的猴子！如今正是时候，利用你的天赋异禀，帮助罗摩实现他的目标。你可以跳到楞伽岛。现在就行动吧！"

　　哈奴曼摇晃着身体，仿佛从梦中醒来。他站起来，开始变大形体。他的胸口鼓起，四肢肌肉跳动，尾巴像战旗一样在空中挥舞。他以拳头捶打胸口，放声咆哮，用强健的双脚踩踏着沙滩。瞬间，那只大猴子爬到了岸上一座小山的山顶上，他站在那里，眺望着汹涌的大海。哈奴曼以尾击地，那声音如同鞭子一样在空中回荡。"等着我！"他向猴子同伴大喊，"我知道，我必能成功返回！"

　　当哈奴曼准备跃上天空时，那座小山在他的体重下呻吟，被他压进了大地。那群同样身大体壮的勇武猴子喝彩鼓掌。他跃向空中，双臂伸出，双腿在身后展开，粗大的尾巴盘在头顶上方。他的眼睛像星星一样闪烁，他的身体像闪电一样辉耀。他向上飞去，刺穿云层，从大家的视线中消失了。

哈奴曼飞行的时候直视前方，全神贯注，心志坚定。他知道自己必须在广阔的大海中间找到一个岛屿，这岛屿上有一个大城，那城市被劫持悉多的罗刹王罗波那所统治。他既无恐惧也无躁动，确信自己能随机应变。他飞越月球和行星，飞过天国住民所居的地方。他飞过最高的山脉和最白的云彩。他平稳地飞过广阔的水域，他的风神父亲轻轻地从背后推着他的身体。

突然，一个巨大的罗刹女从海洋中升起，她张开大大的嘴巴，露出狞笑，显出满嘴利齿。"我是须罗娑，"她隆隆地说道，那声音响彻天国，"你必须进入我的嘴里，猴子！这是众神赐予我的恩惠，这样我便再不会受饥火烧肠。"

"我有罗摩之命在身。"哈奴曼平静地回答，"且让我到达楞伽并找到悉多。我保证我会在回程时进入你的嘴里。"

"现在就要！"须罗娑大叫，用她巨大的双手和双脚搅动着海浪，"我现在就饿了！"

转瞬间，哈奴曼便把自己变得像苍蝇一样小。他在须罗娑的嘴中飞进又飞出，绕过她那尖锐的牙齿和流着口水的橙色舌头。他在她面前的半空中站定，双手合十，鞠躬致意。他说："你瞧，须罗娑，我已经尊重众神的愿望进入过你的嘴。我要走了。"须罗娑嘴还大张着，肚子也还空着，而那重新变大的猴子则继续向前飞去。

哈奴曼飞到更低的地方，搜寻海面上的岛屿。他感到有什么东西在拉扯着他，便环顾四周。一个怪物——另一个巨大的罗刹女——抓住了他落在动荡水面上的影子。

"怎么办？"当他试图挣脱时，他自言自语，"难道这就是像狮子一样的辛醯迦，那种通过吞噬阴影吃掉生物的罗刹女吗？"

海浪中升起了一头哈奴曼毕生所见的最大生物。她的头发呈狮鬃一样的黄褐色，她的手是无情的利爪，眼睛是琥珀色，她那发臭的嘴巴大张着，露出了黄色的尖牙。

哈奴曼眨眼就钻进了她大张的嘴巴，飞进了她的身体里。他用指甲撕碎了她的器官、肠子和膀胱，用拳头重殴她的身体。她发出巨大的嘶嘶声和叹息声，就像一个泄气的气球一样。这巨大的怪物没进海浪，沉入海底，再也不见踪影。

哈奴曼继续向前飞去，始终注视着他身下的水面。最终，他看到了一个黑云压顶的岛屿出现在海面之上。"那一定是楞伽。"他心想，"我肯定已经走了足够远的距离，大概有一百由旬了。"

他轻轻地降落在这个禁忌之岛上，就在守卫其南部海岸的险峻高峰下方。他把自己缩小到只有猫那般大小，正当银白的月亮升入天空之际，他潜入宫殿墙壁的阴影中，寻找进入罗刹王罗波那的伟大城市楞伽的途径。

魔城楞伽

哈奴曼穿过城墙的缝隙，小心地待在阴影中，因为月亮将光洒落在这座罗刹的城市上。他满怀惊讶地环顾四周：高逾山峰的宝塔，厚如树干的城墙，夜色中建筑的窗里闪动着的金红的灯光。"我必须记住楞伽的城市布局，还有防御工事坐落之处。"他暗自思忖，"以后我们攻打这座城市时，这些信息对罗摩将很有用。"

罗刹随处可见：他们身体强健，胸膛阔大，双臂修长，大腿结实。他们用棍棒和狼牙棒打斗，将盾牌背在自己后背上。哈奴曼也看到了罗刹的妇女们，她们容貌美丽，即使街道漆黑狭窄，她们也轻松自在地在其中穿行。这猴子爬上建筑，朝罗波那位于市中心的王宫行进。不一会儿，他来到了全副武装的罗刹守卫的宫门前。但是他们没有注意到，此时有只猫儿大小的小猴子从他们身侧溜过，进入了王宫。

　　哈奴曼迅速爬上建筑的上层，这样他就可以俯瞰整座宫殿。他目光所及之处尽是金银和璀璨的珠宝。宫殿的地板是由水晶制成的，闪闪发光，好似月光化作了液体。柱子是由锻打过的黄金制成，楼梯则以白银建就。窗玻璃上镶嵌着宝石。长榻以丝绸和刺绣覆盖，上面摆满了鹅绒枕头。灯火在角落和桌上忽闪，那桌上摆满了各种各样的食物，有烤肉、香葡萄酒、水果和蔬菜，还有糖浆和蛋糕。一阵凉风吹过宫殿，哈奴曼瑟瑟发抖。

　　哈奴曼进入了深宫，并经过了女眷的住所。"不知悉多是否在这里。"他想。当他看到罗波那的妃子们沉睡着，显得宁定而满足时，他觉得自己错了。"悉多绝不会在这里。一旦与罗摩分离，她便不再幸福，也难酣睡，更毋论沉浸于美梦之中。在宫殿里寻找她毫无意义。无疑，她被监禁在他处，在一个毫不惬意的地方，周围有警卫和探子在看守她。"

　　哈奴曼溜出宫殿，开始探索建筑物周围的区域。在花园中心的深处，那里到处都是开花的树木、芬芳的灌木丛和莲池，他看到了一片无忧树。"我确定悉多在那儿。"他爬上前时这么想着。他无声地爬到附近的一棵树上，留心着不要扰动树枝和树叶。他躲在树叶丛中，俯身看向下方。

　　哈奴曼看到一个苍白而悲伤的女人，她的头发扎成一条辫子，脸上流着泪。当她坐在那儿时，他能听到她安静的抽泣声。她被可怕的罗刹女们环绕四周，那些罗刹女一个个长得奇形怪状，看了叫人心惊胆战。"这个温柔的人物必定就是悉多！"哈奴曼对自己说，几乎无法抑制自己的兴奋，"她是我见过的最美丽的女人。即使她坐在这里，看起来平凡无奇，但她毫无疑问是一位公主。她肯定在思念罗摩。我必须告诉她，他正在设法救她。"

哈奴曼将罗摩的印章戒指扔到悉多面前的草地上，然后在她面前现出身形来。当她抬头看到一只小猴子接近她时，她吓了一跳，更加害怕。哈奴曼在悉多面前躬身，开口说道："夫人，别怕。我叫哈奴曼，我是罗摩的使者。我特来此处相告：罗摩很快就会来此营救您。相信我！看，他给了我他的戒指，要我交给您——这样您就知道我是真正的哈奴曼，而不是罗刹所化。我将回到罗摩那儿去，告诉他您没有受伤，并在等待着他。"

"啊，"悉多喊道，"只要听到'罗摩'这个词，我的心就会雀跃！猴子，再次说出他的名字，让我感到片刻的喜悦吧！我心爱的罗摩在哪里？他还好吗？他为什么还没来救我？他在做什么？"

"罗摩与我的主公妙项缔结了盟约，妙项召集了一支摧坚不摧的大军，由成千上万的猴子组成。现在我已经找到了您，我们就将攻打楞伽，杀死劫持您的罗刹王。"

"一群猴子？杀死罗波那和他的战士们？你在开玩笑吧！罗摩迷了心窍吗？"悉多低声说，阴影笼罩着她的脸。

"我的夫人，我刚刚跃过数百由旬的汪洋找到了您！这不是我的真实身形。还有像我这样的其他猴子，可以随意改变形态模样。我们都是伟大的战士，我们必将完成消灭罗波那和楞伽的使命。我是作为侦察兵来探索这座城市的，我会详细察知楞伽的城墙和塔楼、武器和秘密通道，再把消息带回给罗摩，以便我们能谋划进攻。我现在要离开您了，看看我是否还能在岛上有所斩获。"

"哈奴曼，再待一小会儿！当你在这里时，我感到罗摩就在身边。"悉多恳求道，将手伸向那只小猴子。

"我在离开楞伽之前还会回来的。"哈奴曼向她保证，"我必须充分利用这夜晚的时间，这样我在探查城市时不会被发现。"

"从我这儿拿走这颗珠宝吧，它是从海洋最深处采得的珍珠，我将它戴在我的头发上。罗摩将认出它来，并知道你已经见到了我，你所做的一切都得到了我的祝福。"悉多说，"这能叫他想起对我的爱，那爱将把他带到这里，像风一样迅捷，比思想还要快！"

哈奴曼再次向悉多躬身，双手合十，满怀敬意。他爬上大树，思索下一步该怎样行事。"由于我只有一只猫那么大，所以我可以轻松地探索这座城市。但是，如果我能将罗波那本人的讯息带回去，我才能算是功德圆满。我应该设法引起警卫的注意，以便他们俘虏我并将我带到他们的大王那里。我这就毁了这个花园——如此一来，他们必定会注意到我！"

哈奴曼即刻变大了身形。他重捶他阔大的胸口，用强壮的双腿将地面撕裂，向各个方向扔泥土和石头。他将树木、花草和灌木连根拔起，弄出很大的噪音和骚动。"我是风神之子哈奴曼！"他咆哮道，"我是罗摩的使者！罗刹，当心！你们的末日临近了！"

他跳上这座城市的城墙，用拳头击垮了一座小望塔。罗刹守卫到处逃窜，不敢接近这个毁坏了国王的花园并试图砸碎城墙的巨型猴子。出于恐惧，他们奔向宫殿，大声呼救。他们冲进了罗波那的宫廷，仆倒在他脚下，喘着粗气。"陛——陛——陛下！"他们结结巴巴地说，"城里有一只巨大的猴——猴——猴子，他正在大肆破坏。他击——击垮了望塔，然后毁——毁——毁了您的花园！"

强大的罗波那转过十个头。他的二十只眼睛像火焰一样闪耀，他的声音在王庭中回荡。"猴子？猴子！"他喊道，"一只猴子在摧毁我的城市？你们都是什么东西？蠢驴吗？你们都喝多了吗？派出紧加罗卫队抓捕他，别再浪费我的时间了！"

立刻，一百名紧加罗——罗波那的精锐卫兵——便出发前去抓捕哈奴曼。他们是整个楞伽最英勇最老练的战士。但对哈奴曼而言，他们全然不是对手。哈奴曼用尾巴抽击他们，用拳头殴打他们，用脚踢开他们，用锋利的指甲撕开他们的肚子。

罗波那听说紧加罗作战失败，狂怒咆哮，令宫墙为之震动。他派自己的儿子阿刹去面对那猴子。哈奴曼推翻了阿刹的战车，将这年轻的罗刹扔过城墙，扔到了下面的岩石上。在抵御罗波那的战士时，这只猴子仍继续砸碎墙壁和塔楼，推倒高楼。

罗波那召见了长子弥迦那陀，他因曾在战场上击败过众神之王因陀罗而被称为因陀罗耆。"去吧，我的儿子！"他说，"为你死去的兄弟报仇雪恨，杀死那只自以为可以挑战我们的荒唐猴子！我不知三界中还有谁能承受你的武器和魔法！"

因陀罗耆驾驶战车进入城里，他的战车金光闪闪，战旗高高飘扬。他的黑马蹄下生风，追赶着哈奴曼；哈奴曼的身形则进一步扩大，他站在空中，抓住了因陀罗耆攻击他的所有箭矢。他笑着嘲弄这罗刹勇士，来回跳跃，避开了他所有的武器。

因陀罗耆意识到这对手绝非等闲之辈，他没有再犹豫，释放了梵天坚不可摧的武器来对付这猴子。哈奴曼跌落在地，丧失了意识，被困缚在看不见的绳索中，那法宝比任何绑索都捆得更紧。哈奴曼知道发生了什么事，却仍然躺着不动，任由自己被罗刹士兵们擒获。"我必须尊重众神之祖梵天。我知道这是他的法宝，"他如此思量，"我的计划正在奏效。我相信这些罗刹会带我去见罗波那。在那之前，我不会擅动武力。"

二十五个罗刹费尽力气，才把哈奴曼抬进了宫殿，在那里他第一次见到了罗刹之王。罗波那坐在闪闪发光的水晶宝座上，宝座椅足由黄金制成。他身材魁梧，如山峦一般强壮和庞大。他的十个头上戴着十个王冠，每个王冠上都镶嵌着明亮的珠宝。他戴着手镯和令人眼花缭乱的耳环，衣服则以精致的红色丝绸制成，周身上下散发出骄傲而有力的王者气魄。罗波那被他那些堂皇的将领和大臣包围，但他身在其中，依然鹤立鸡群。哈奴曼煞是震惊，心中不禁祈祷罗摩能战胜这强大的生灵。

"你是谁？谁派你来的？"罗波那对哈奴曼说，音调并未提高。

"我是风之子哈奴曼，我以罗摩使者的身份来到这里，告诉你，罗波那，罗刹的末日已经到来。你的自大将导致你自己的死亡和人民的浩劫。悉多，那个被你愚蠢地劫持来此的女人，她不是凡女，罗摩将来救她，而且还会诛灭你，他也非凡俗。罗刹之王，准备受死吧！"

"罗摩？区区一个凡人，想杀我？救出悉多？猴子，自大的是你，竟敢这样对我说话。杀了他！"罗波那对他的仆从说，"让他滚出我的视线。"

"罗波那，等等。"王庭后方有人开口道。说话的人是罗波那的弟弟维毗沙那，他虽然身为罗刹却坚信正道和善行。"你不能杀死一个使者。王权的准则禁止这样做。你可以将他囚禁，或者让他捎回消息，但不能杀死他。罗波那，你必须遵守准则，履行为王的正法。你不能一直任意妄为。"

"把猴子关在牢狱里能有什么益处？"罗波那笑了，"好呀，我不杀他，但我会给他一个他永远不会忘记的教训。没有人能做到来我楞伽、杀我儿子、坏我城市后，还不受惩罚地离开。像所有猴子一样，他为自己的尾巴感到骄傲。点燃它！"罗刹王如此命令道。

罗刹们甚为赞同这想法，用蘸有油的布条将哈奴曼的尾巴包裹起来。他们放火烧布，让猴子在楞伽街道上游行示众。哈奴曼镇定自若，当他的尾巴像根用稻草做成的火炬一样燃烧时，他没有感到疼痛或不适。

"真是愚蠢，"哈奴曼想，"即使这样我能看清这座城市，记下攻略要点，我也不能让他们像这样带我游街。"他爆出巨力，撕裂了束缚他的绳索，向上跳去，将他的罗刹看守们甩在了地上。这猴子从一堵墙跳到另一堵墙，从一座塔跃到另一座塔，用他的大尾巴点燃周围的一切。他的风神父亲扇起了火焰，没过多久楞伽就陷入一片火海之中。

罗刹们的衣服和头发着火了，他们尖叫着冲向水源，将孩子抱在怀中，而此时他们的家园房屋开裂，烧毁倒塌。到处都是烟雾，灰烬和烟炱被风吹到空中，叫明月也变得暗淡无光。哈奴曼看着自己一手造成的混乱，大笑出声，猛击着胸膛。突然，他停了下来。"我做了什么？我放火烧了这座城市，这是一件好事。但是悉多呢？火会蔓延到她所在的树林吗？如果我伤害到了悉多，妙项和罗摩将永远不会原谅我。在三界中，我将作为大傻瓜而遗臭万年！"

在慌乱中，哈奴曼奔向城市边缘，将尾巴伸入大海的波浪中扑灭火焰。然后他缩小了身形，冲回王宫的花园。令他大为欣慰的是，那片小树林一如既往地翠绿静谧。他跳进了那片空地，毫无顾忌地出现在悉多面前，因为看守她的罗刹女们被城中大火分散了心思。"夫人，您安然无恙。"他气喘吁吁，"这座城市的其余部分仍在燃烧，为何这片树林依然保持凉爽葱郁？"

"这是靠着我的信念和对罗摩的爱的力量。"悉多说，"去吧，哈奴曼！尽快将罗摩带到这里。没有他，我活不下去。"当悉多擦去眼泪时，哈奴曼已经跃到了楞伽的南方边缘。他扩展自己的形体，直到他高如城墙，然后他向后猛地蹬向地面。他跳到空中，尾巴像彗星一样划过天空。

没过多久，他便看到了海滩，其他猴子在那儿等着他。他们看到这个奇妙的生灵从天而降，便开始欢呼和鼓掌。"我见到悉多了！"哈奴曼降落在沙滩上时大吼，"我的兄弟们，让我们带着好消息回到积私紧陀。现在该与罗刹交战，把悉多带回来了！"

猴子们踏上了回家的旅程，他们蹦蹦跳跳，欢呼雀跃。他们边走边唱，在果树上享用美食，在清凉的湖泊和泉水里痛饮。回家的路似乎短得多，因为他们满

怀爱意地思念着家人，激情澎湃地想着即将到来的战斗。他们知道现在一切都取决于他们的技艺和勇气，因此他们决心让罗摩的任务取得成功。

在积私紧陀，妙项听到了隆隆声，便跑向罗摩说："去往南方探险的猴子们回来了。我确信他们找到了悉多，并为我们带回了好消息！来，罗摩，让我们准备欢迎他们。"在他讲话时，天空变得漆黑，大地也在震动。因为那一群强大的猴子业已到达积私紧陀的丘陵地带。

哈奴曼向罗摩和妙项致敬，他说："我见到了悉多，她在等您，罗摩！她独自一人坐在树下，牵挂着您，为您哭泣。瞧，她给了我头发上的珍宝发饰，好叫您别忘去营救她。"

罗摩眼含泪水，拿起那珠宝并将其压在心口上。他开口时，声音颤抖着："我们必须做好准备，立即出发。哈奴曼，告诉我，你看到罗波那了吗？他是什么样的人？"哈奴曼开始描述罗波那的威光，并向聚拢来的猴子们说明了楞伽及其防御工事的详情。

然后，罗摩、妙项、哈奴曼和罗什曼那离开诸人，单独交谈。伟大的猴子将领那罗、尼罗、须私那、吠竭达哩申和鸯迦陀为猴子大军筹谋，将其分为各营，分配不同的任务。阎婆梵则负责擦亮和磨利罗摩和罗什曼那完美无瑕的武器。

不到一天，猴子和熊的军队便已经做好了向南进军的准备。哈奴曼肩扛罗摩，鸯迦陀则肩扛罗什曼那。罗摩与妙项共同指挥军队，猴子大将们则担任他的将官。军队如潮水般汹涌，隆隆前进。这次，没有唱歌跳舞，没有蹦跳闲谈，每只猴子和每头熊都专注于其身负的使命，稳步前行。

似乎没过多长时间，大军便到达了大洋岸边。罗摩凝视着海面，仿佛试图瞥见那遥远的岛屿上心爱的悉多。"现在怎么办？"他问妙项，"猴子和熊将如何穿越海洋？"

"尼罗与那罗是大匠的儿子，大匠可是诸神的建筑师。"妙项回答，"他们将在这里架起一座桥梁，直通楞伽。但是我们需要海洋通力合作。他必须许下承诺，控制自己的波浪和潮流，否则我们将无法使建筑物稳固。"

"没有人能阻止我到达楞伽！"罗摩说，他的眼睛粲然生辉。他拉起大弓，转眼间便向大海发射出无数箭雨，那箭雨落在动荡的海面上。海洋掀起了巨浪，如同庞大的水墙，冲击海岸，撞裂岩石，将鱼和其他海洋生物抛出。

罗摩继续进攻，直到水之王现身，双手合十，站立在他面前。"罗摩，停下来，拜托了！"他说，"您的箭给我和所有生活在海中的生物带来了极大的痛苦。我们将帮助您架起桥梁，拯救您的妻子。看，我已经让波涛和潮流平稳下来。现在，海洋如同荷塘一样平静。"

罗摩谢过水之王，收起了他的武器。妙项召来了尼罗与那罗，让他们开始动手工作。两位猴子建筑师在沙滩上画起了示意图，并向其他士兵解释他们需要什么。每只猴子和每头熊都开始工作——有的将树木连根拔起，另一些砍倒树枝、修剪叶子，还有一些则收集石块和石子，并压碎它们，好与沙子混合。

尽管工作艰苦，但猴子和熊却像是在玩耍一般。当他们在海中跳进跳出时，他们的叫喊声和大笑声弥漫在空气中。他们一寸一寸、一尺一尺地筑起桥梁。水之王信守诺言，海洋像镜子一样平坦，水流得到控制，天空万里无云。不久，这座桥就建成了，森林居民大军穿过它，在楞伽的南岸搭建起了营地。

与此同时，罗刹们的生活一切照旧。他们似乎并不担心一支大军正准备进攻他们的城市。一天，罗波那决定去见见悉多。他在朝臣和女眷的簇拥下，漫步到悉多居住了整整几个月的树林中。罗波那一如既往地穿着精美的红色丝绸衣裳，上面绣有小珍珠。黄金在他的胳膊和耳朵上闪闪发光，他戴着一条镶有九个珠宝的巨大项链。

当他靠近时，悉多别转过脸去，并用手挡住自己的面孔。"悉多，为什么你不看我？"罗波那问，"让我看看你那可爱的脸！"

"我忍受不了这种邪恶。走开！"悉多回答。

"你怎么可能对我不感兴趣？我比你丈夫更加富裕、强壮、有力，而罗摩则像个乞丐一样在森林里徘徊，一文不名。他永远都不会再当上国王了。做我的妻子，享受所有尘世的乐趣吧。"罗波那温和地说。

"我宁愿在森林里与罗摩待一百年，也不愿在你的宫殿里陪伴你一个小时。你什么都给不了我。你业已知道，罗摩会来救我。罗波那，做好准备吧，因为你活不了多久。罗摩将像大象碾碎蚂蚁一样碾碎你和你的家人、你的士兵、你的人民！"悉多说，她的音调因为愤怒而提高了。

"悉多，你把我惹火了！"罗波那咆哮道，"我对你一直很有耐心，但我现在已经等得够久了。再给你一个月时间，直到你向我屈服。若你不从，我就把你送给罗刹们当早餐。好好想想吧！"罗波那大步冲出了树丛，他的朝臣和女眷跟在其后。

守卫着悉多的可怕的罗刹女们立即围上来，推她，掐她，拉扯她的头发。但是其中一个罗刹女提哩遮陀对其他人说："别烦她了，她业已麻烦缠身。"罗刹女们退开，但继续对悉多取笑嘲讽不休。

罗波那回到宫殿，进入大厅，群臣正在那里等他。第一个说话的人是他的祖父摩里耶梵*，他是一个年迈而睿智的罗刹。他敬佩罗波那，并总是为他的利益考虑。"我的孩儿，"他说，"楞伽正处于危险之中。大批猴子和熊抵达了我们的南部海岸。他们由悉多的丈夫罗摩和他英勇的兄弟罗什曼那领导。我们必须为战争做好准备。"

　　"与猴子和人类交战？我们是罗刹！我们曾经与比这些渺小可怜的乌合之众要强大得多的生灵作战，并且大获全胜。"罗波那喊道，"他们的武器在哪里？他们所拥有的只是一些可怜兮兮的弓箭，要么就是岩块和碎石。我要是派遣战士去与这些林中野兽战斗，那就是在侮辱他们！"

　　"罗波那，曾有一只猴子冲破了城墙，纵火烧毁了您的城市。"维毗沙那说，"这些可不是普通的人类和动物，他们似乎带有诸神和圣灵的力量。罗摩没解救到妻子绝不会停息。罗波那，把悉多还给他吧。如果您不这样做，我们的城市和人民将大祸临头。罗波那，听我的劝告吧。我是为了您好才这样说的，这也是为了罗刹族的利益。把悉多还回去吧！"

　　"维毗沙那，我不需要你的建议。没有你的帮助，我也将楞伽治理得井井有条。"罗波那怒气冲冲地说，"去你想去的地方吧。在我的王国里，对我指手画

---

* 根据蚁垤《罗摩衍那》原著，摩里耶梵是罗波那的祖父须摩里的哥哥，也就是罗波那的伯祖父，而非亲祖父。

脚之徒没有立足之地，即使那个人是我的亲弟弟。从我面前滚开！"

维毗沙那向他的哥哥鞠躬，然后离开大厅。他径直走出城市，前往岛屿南岸猴子大军的营地。他向哨兵们做了自我介绍："我是罗波那的兄弟维毗沙那。我来加入罗摩。带我去找他。"

正义之战

哨兵将维毗沙那带到了罗摩那儿，他正在与罗什曼那、哈奴曼、妙项以及其他猴子将军制订作战计划。他们小心翼翼地将维毗沙那的手绑在背后，这样他就不会有什么出人意料之举，例如逃脱或发起突然袭击。由于他是罗波那的兄弟，也是一个罗刹，所以他们并不完全信任他。

维毗沙那向罗摩和其他人表示敬意，并说："我是维毗沙那。我是罗波那的弟弟。我来和你们一道对抗罗刹王。"

哈奴曼和妙项怀疑地盯着罗刹。"我们为什么要相信你？"妙项问，"你可能是一个探子，或者双重间谍。你大可假装成为我们的盟友，然后向你的兄弟捎去我们作战计划的详情。"

"我不是探子。我不认可我兄长的行径。我认为他绑架悉多是大错特错。我告诉他，他应该把悉多还给罗摩，以防止这场会让罗刹毁灭的战争。"维毗沙那平静地回答。

"我不相信你，"哈奴曼说，"我认为，你在这里是因为你知道罗摩杀死罗波那之后，他会让你成为楞伽之王。"

"也许如此吧。"维毗沙那说，"我向您保证，若我取代他登上王位，我一定会施善政，行良治。我一直对罗波那多有执谏，他也一直不喜欢我。但是目前，我可以帮助您击败他。您应该接受我为朋友。"

"欢迎你，维毗沙那。"罗摩伸出了手。他转向其他人说："我们应当始终接受前来善意结交的任何人。维毗沙那所言不虚，我对此毫不怀疑，他确实深信罗波那暴戾恣睢。在战争结束、罗波那殒命后，他将成为一位有德的君王。"

罗摩对维毗沙那展颜微笑："过来吧，和我们同坐。告诉我们关于楞伽防御工事的一切。告诉我们这座城市的城防和薄弱环节。我们应该在哪里进攻？勇敢的罗刹如何战斗？他们的武器是什么？你告知我们的一切，将助我们更快地赢得战争。"罗摩和罗什曼那开始与维毗沙那和猴子首领们制订战略，哨兵便离开了。

楞伽城内，罗波那的探子告诉他，维毗沙那已成为罗摩的盟友。他们还告

诉他猴子军队的规模。罗波那去到这座城市最高的壁垒上，看着敌人的营地。那营地十分巨大，从远处便可见到猴子和熊纪律严明，军心宁定，不像他所期望的那样嘈杂和混乱。有生以来第一次，罗波那感到恐惧的冰冷手指紧紧抓住了他的心。但是他摇了摇头，并召唤他的巫师来到王庭中。

"造一个虚幻的罗摩头颅，"他如此下令，"我要把它带给悉多，告诉她她的丈夫已经死了，她应该放弃所有被拯救的希望。然后她会向我屈服，因为她别无选择。"

转瞬间，那巫师便造出一个虚幻的头颅来，苍白而毫无生气，脖子上还流着血。罗波那立即前往树林，并叫来悉多。"女人，过来！看我带给你的东西。昨晚发生了一场可怕的战斗，许多罗刹和猴子被杀死了。战争结束了，因为你孱弱的丈夫死了。我甚至不必亲自动手杀他，一个普通的罗刹足以砍掉他的头！给她看看！"他对罗刹女们说。

一个老罗刹女兴高采烈地出列，抓起了那虚幻头颅的头发。当悉多看到那张心爱的面孔现在变得死气沉沉的时候，她尖叫着晕倒了。罗刹女们在她的脸上洒水，让她醒过来，但罗波那还没来得及再度嘲讽她，便被他的战时议会给叫去了。

悉多躺在地上，哭泣着，仿佛她的心即将破裂。一位名叫萨罗摩的罗刹女从阴影中溜出来，来到她身边。她为悉多擦干眼泪，紧紧地抱着她，轻声说着安抚和慰藉的话语。"悉多，别哭，"她说，"那是幻术，是国王的巫师制造的幻觉。头已经不见了。罗波那想吓唬你，让你自己屈服于他。我知道为什么罗波那被叫走了。将军和大臣们看到了不祥的预兆——彗星从天而降，豺狼在嗥叫，秃鹫在楞伽上方的天空中盘旋，马和大象流出了血泪，黄眼睛的女人在街上狂笑。罗波那的死期将至，罗摩必将获得胜利。"

萨罗摩抚慰悉多时，城里爆发了巨大的骚动。马咴咴有声，大象啵啵长鸣，驴子昂昂直叫。战鼓击响，战车隆隆地穿过街道。罗刹勇士们带着备好的武器涌出自己的家，满怀兴奋，大喊大叫，猛打着胸膛，拍击着大腿。

太阳升起时，罗摩召集起他的部队。"我们将与成千上万的勇士作战。罗刹以战斗技巧和勇气著称，他们是强大的对手。但是你们都英勇无畏，我知道你们会战斗不止，直到苦痛的终结来临。为了救回悉多并杀死邪恶的罗波那，我们业已走到今日这一步。我们不能回头，我们不能失败。"

在一个吉祥的时刻，罗摩拿起他的大弓，走向了军队的前方。罗什曼那跟在他后面，紧随其后的是维毗沙那。成千上万的猴子和熊用山石、巨岩、大石和整棵树武装自我。他们跟随罗摩穿过平坦的土地，来到了有着宏伟大门的城墙前。指挥官们各就其位。罗摩和罗什曼那攻打高如山峰的北门，哈奴曼守定西门，那罗和尼罗接管了东门，妙项和鸯迦陀占据了南门。

战斗的螺号吹响之后，猴子和熊群就涌向楞伽的城墙和大门，露出尖牙利爪，越过护城河。罗刹正用棍棒和狼牙棒等着他们，并准备在各个方向上粉碎他们的进攻。但是猴子敏捷而灵巧，低头闪避，又跳又奔，躲开了攻击；熊坚定而无畏，立稳了脚跟。他们向罗刹投掷石块，并以大树作为武器痛击他们。很快，罗刹和猴子的鲜血使地面变得滑溜。丧命的罗刹躺在战场上，但是受伤的猴子和熊哪怕失去武器后还在不断战斗，抓挠咬踢。在大门和塔楼之上，罗摩和罗什曼那高高地站着，释放出阵阵箭雨，箭矢像闪电一样在空中飞舞。他们百发百中，刺穿了在城墙上激烈战斗的罗刹将领们的装甲。

即使夜幕降临，猴子和罗刹仍继续战斗。黑暗造成了极大的混乱，但战士们仍在前仆后继。罗波那的长子因陀罗耆现在加入了战斗。由于梵天的恩赐，他在战斗中是不可击败的。他的箭矢飞向各处，照亮了黑暗。他对准罗摩和罗什曼那发动攻击，拜利箭所赐，在几秒内就让他们遍体鳞伤。箭变成了扭动的蛇，捆绑了兄弟俩的手脚。罗摩和罗什曼那倒下了，仿佛没了生气。

猴子退出了战斗，聚集在一起。妙项因悲伤和恐惧而哭泣，以为他失去了朋友和领袖。甚至连维毗沙那都被惊呆了，他跪在两位王子旁边，抚摸着他们的脸。就在似乎所有的希望都荡然无存时，强风骤起，从漆黑的天空中飞来一只大鸟，他的翅膀搅动着空气，扬起了战场上的尘土。那是众鸟之王迦楼罗。他俯身望向两位王子，用他那巨大翼翅的尖端抚摸着他们。蛇箭立刻消失了，罗摩和罗什曼那睁开了眼睛，仿佛从沉睡中醒来。眨眼之间，他们便重新站了起来，准备再次投身战斗。"让我们休息过夜吧。"维毗沙那说，"黑暗可不会帮助我们，我们都应该休息一下。"

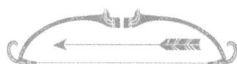

第二天，罗波那派出了他最倚重的将军——阿甘波那、图牟罗刹和钵罗诃私陀。他们曾经杀死了成千上万的生物，因为身经百战而伤痕累累，他们视其为荣誉。他们可以用弓、箭、剑、矛、狼牙棒和棍棒作战，可以乘战车、骑马或骑大象作战。每个将军都像一座山一样高大，胳膊和腿都像树干一样粗壮。猴子和熊看到他们从城门中现身，便开始发抖。但是哈奴曼、莺迦陀和妙项不为所动，他们毫不畏惧地前去迎战这几个罗刹。

哈奴曼袭向钵罗诃私陀，用尾巴把他从战车上甩了下来。他跳到这个掉落在地的罗刹身上，又挠又咬，用拳头和脚把他砸进地里。莺迦陀吼哮着，用一块大石头猛砸阿甘波那的脑袋，让他当场死亡。妙项冲向图牟罗刹，用树干撞进他的胸部，使他气绝而亡。其他罗刹见到头领倒下，便转身逃离。

罗波那听说他最优秀的将军被猴子杀死了，怒不可遏。"现在该唤醒我的兄

弟鸠槃羯叻拿了。立即为他做好战斗准备！"他咆哮道。罗刹们奔向鸠槃羯叻拿的住所。这个身形巨大的罗刹睡得正酣，嘴巴一张一合，如雷的鼾声震裂了他宫殿的门窗。鸠槃羯叻拿与其他罗刹截然不同，他能一次睡上六个月，其间很难被唤醒。因为他是一个巨人，吃得比宫殿中所有人的总和还多。

王室的厨师开始工作，制作所有鸠槃羯叻拿最喜欢的食物——鸡肉、鹿肉和野猪肉被烤制烹熟；米饭在牛奶中煮熟，并用杏仁和葡萄干调味；蔬菜被切成块，并与芬芳的香料混合；山一样多的水果被切碎；天下所有甜品都被带到了厨房；从地下酒窖里取来了大桶的美酒和其他佳酿。所有这些都被堆放在手推车上，运送至鸠槃羯叻拿的宫殿。

此时，一些罗刹跳上他的胸口。其他人拉扯他的耳朵和鼻子，还有一些人挠他的大脚。他们用扇子朝着鸠槃羯叻拿扇去美味食物的腾腾香气，但巨人仍然酣睡不醒。最终，罗刹们把铜鼓拖入房间，开始敲击。他们对着他的耳朵吹响螺号，然后将牛、羊和其他小动物赶到他的胸口上。鸠槃羯叻拿开始有所反应。罗刹们急忙叫来罗波那，以便在这个巨人被食物分散心思前，他可以和他兄弟谈谈。

"我亲爱的兄弟，耳朵如壶的鸠槃羯叻拿*，起来了！楞伽正处在战火之中，我们需要你的帮助。"罗波那朝着鸠槃羯叻拿大喊，而后者揉着眼睛，大打哈欠，

---

* "鸠槃羯叻拿"这个名字的含义就是"壶耳"。

把离他最近的那些罗刹纷纷吓跑，因为他们害怕被他那海绵一样的大嘴吸进去。

鸠槃羯叻拿转动他那巨大的眼睛，看着他的兄弟。"我饿了，"他说，"我六个月没吃饭了。我感觉自己很是虚弱。"

"敞开来吃吧，"罗波那说，"我们为你准备了所有你喜欢的食物。然后抖擞精神，参加战斗。罗刹们需要你——我们遭到了一支由猴子和熊组成的军队的袭击。"

"我想尝尝猴子肉是什么滋味。"鸠槃羯叻拿说，"也许我杀死他们后，我们就可以大快朵颐。"

"打完仗后有的是食物供你饱餐。"罗波那说，"现在先吃这里的东西，然后就开始战斗吧！"

鸠槃羯叻拿吃吃喝喝，直到连碎屑或骨头都不剩下。他摇摇摆摆地走出宫殿，奔赴战场。地面在他的脚下震动摇晃。他不需要任何武器，直接用巨大的双手抓住猴子，将它们扔入海中，并将熊们践踏在脚下。罗刹军队见到他时欢呼雀跃，感到胜利已近。巨人步履蹒跚地走来走去，造成死亡和破坏，罗摩和罗什曼那则在他周围迂回，从弓上射出利箭，朝他投掷尖锐的长矛。鸠槃羯叻拿把它们挥走，就好像挥赶蚊子一样。随后，妙项、哈奴曼、鸢迦陀、那罗和尼罗都加入了进攻。哈奴曼扑到了鸠槃羯叻拿的脖子上，咬他，打他。妙项用树木重重地击打他的腿，鸢迦陀则向他投掷石块和石子，但这些对这个巨人全无作用。

罗摩意识到是时候使用年少时众友仙人教给他的武器了。"罗什曼那！"他高喊，声音压过了战斗的喧嚣，"我们必须使用蕴含众神之力的武器！看我的！"罗摩凝神静气，释放了伐由的武器。它刺穿空气，砍下了鸠槃羯叻拿的一只手臂。罗摩再次集中精力，释放了伐楼那的武器，它也命中了目标，切断了巨人的另一只手臂。鲜血从伤口上流了出来，但鸠槃羯叻拿却依旧步履蹒跚地前行，继续碾碎猴子和罗刹。

接着，罗摩使用了因陀罗的武器，那法宝明亮如闪电，强大如雷霆，它朝着鸠槃羯叻拿飞去，照亮了天空。它刺穿了鸠槃羯叻拿粗壮的脖子，切开了他佩戴耳环的头。那头颅砰然掉落在地。鸠槃羯叻拿的尸体跌入大海，沉没在高涨起来的海浪之下。猴子和熊发出欢呼声，蹦来跳去，互相击掌欢庆。罗波那看到亲爱的兄弟倒下时不禁号啕，发誓自己第二天也将投身战场。

血红的天空昭示着新一天黎明的到来，而猴子和罗刹战士又咆哮着展开新一轮的战斗。罗波那乘着他那由八匹骏马所拉的壮丽战车驶出楞伽。他浑身闪耀着威光，武器在他二十只手中闪着光芒。大多数猴子以前从未见过他，他的姿容使他们感到震惊。他们中的一些人转身逃跑，但鸯迦陀大喊："我的好猴儿们，勇敢些！守住阵地！"

那一日真是不见天日，天空被箭、矛和掷枪所遮盖，地面又湿又沉，躺满了浑身鲜血、支离破碎的躯体。罗波那仿佛无处不在，他的十个头和二十只手臂让他无懈可击。因陀罗耆也出现在战场上，有时可见，有时不见，他立于空中和水上，运起他的魔力射出箭雨。他只用一支箭就可以杀死很多猴子，而猴子朝他投掷的东西似乎难以触及他。当天有数千只猴子和熊被杀死，但大军在夜晚修整时稍感慰藉，因为他们的首领迦阇、迦婆刹、曼陀和陀毗毗陀杀死了罗波那年轻的儿子们[*]。

那天晚上，维毗沙那与罗摩和罗什曼那平静地谈话。"我对因陀罗耆甚为了解。"他说，"不久之后，他将用一只黑山羊举行一场祭仪。他将吟诵魔咒秘诀，召唤诸神，使自己比以前更加强大。他将重振旗鼓，以更大更好的武器参战。我们必须阻止他举行祭仪。只有这样，我们才能打败他。"

"罗什曼那会阻止他的。"罗摩冷静地看着他英勇的、不知畏怕为何物的兄弟，"告诉他因陀罗耆正在献祭的地方。哈奴曼将把罗什曼那带到那里，他们将齐心协力，让祭仪无法完成。"

维毗沙那解说了宫殿的布局，并告诉哈奴曼密室在哪里。他还告诉他因陀罗

---

[*] 根据《罗摩衍那》原著精校本，这一日在战斗中杀死罗波那小儿子们的并非这些猴王，而是另有其猴，包括莺迦陀等。

耆在他住所中隐秘之地建起的祭坛的位置。哈奴曼和罗什曼那出发了，对彼此满怀信任。他们潜入城市，然后溜入因陀罗耆的宫殿。按照维毗沙那的指示，他们到达了举行祭仪的地方，将自己藏在阴影中。

他们看到那些罗刹大武士围绕着因陀罗耆，等着他完成仪式，如此一来，无论是神还是人都无法杀死他了。"罗什曼那，现在射出你的箭，"哈奴曼小声说，"进攻罗刹，叫因陀罗耆分心。"罗什曼那扬起了他那威力强大的弓，一阵箭雨落了在罗刹们的脑袋上。哈奴曼用石块和石子砸向他们。罗刹叫喊着向猴子和王子冲来。

因陀罗耆听到骚动，抬起头来。他看到自己的精锐部队受到攻击，便加入了他们的行列。就在此时，哈奴曼跳下来，释放了拴在祭坛上的黑山羊，踢掉了祭祀所用的器物，捣毁了这场祭仪。因陀罗耆漆黑如雨云，一如其名*，他怒吼起来，转向罗什曼那。

"来吧，因陀罗耆！"罗什曼那大喊，"看着我！我就是你的死神！"

罗什曼那和因陀罗耆奋战了好几个小时。从来没有那么多箭被射出，从来没有那么多长矛被抛掷，也从未有过如此多的武器，以这般的猛力被使用。两位英勇的战士势均力敌，两人都无法压过对方一头。罗刹们惊奇地在一旁看着，甚至

---

* 因陀罗耆的本名弥迦那陀意为乌云的声音，也即雷霆。

哈奴曼也停下战斗，满是讶异地观看。众神和其他天神聚集在空中，低头看着这一场前所未见的战斗。因陀罗耆和罗什曼那现在正在使用他们所能掌握的所有法宝，这些法宝在空中撞到一处，威力相互抵消。

最终，罗什曼那从箭袋中拔出了一根特殊的箭。它的杆身完美圆润，羽毛来自金翅鸟迦楼罗，金色箭头磨成极锐的锋镝。罗什曼那镇定下来，说道："如果罗摩确实是世界上最正义的人，如果他为三界的利益行事，那么就让这支宝贵的箭杀死罗波那的儿子吧！"

众神仿佛听到了罗什曼那的祈祷，将他们的全部神力灌注在了那支箭的后方，箭像圣火一样在空中熊熊燃烧。因陀罗耆眼睁睁地看着它飞来，但却无法抵御。那箭割下了他的头，然后回到罗什曼那的箭袋中。当因陀罗耆倒下时，黑暗淡去，大地似乎深深地呼出了一口气。在宫殿里，罗波那为儿子痛哭失声，热泪盈眶，失去了知觉。

当他醒来时，他还在哭泣。"我的儿子，我最亲爱的儿子，你是所有勇士中最出色的俊杰，是在我膝上玩耍的可爱孩儿。没有你，我们的宫殿将一片漆黑。你甚至有能力挑战诸神。我也爱你的兄弟，但你是我的巨大期冀。你本应该将罗刹带向更高的荣耀。我唯愿我没有活着看到这一天！"

罗刹王擦干眼睛，环顾四周沮丧的朝臣与官员。"我的儿子弥迦那陀因击败众神之王而被称为因陀罗耆，他绝不会就这么枉死一场。他的勇气和技艺将激励我们。我们将为他的死复仇。明天，我将亲手杀死那些微不足道的人类，那些丢了王国的王子，那群猴子和熊的领袖。明天我们将为我们的种族、我们人民的生存、我们的骄傲和尊严而斗争！"

但是在楞伽城内，既没有幸福，也没有希望。太多的罗刹被杀死，太多的家庭失去了父子兄弟。罗刹的妇女悲泣，男人则互相诉说："这场战争将摧毁我们。我们的国王太过跋扈。他应归还悉多，使我们所有人免遭死亡和劫难。"

尽管如此，当太阳升起时，忠实的罗刹勇士仍披坚执锐，准备再次投身战斗。

罗波那再次驾着他的八马战车出阵，看起来像死神一样可怕。他的精锐护卫摩护陀罗、摩诃婆哩湿婆和毗噜钵刹陪同着他，他们渴望战斗。秃鹫和乌鸦发出刺耳的叫声，罗波那的马跌跌撞撞，乌云降下了肮脏的雨水，但罗波那无视这些失败的预兆。他进入战场时咆哮如雷："罗摩，与我对战！也把你弟弟带过来！我将首先杀死他，因为他杀死了我的儿子！"

猴子、熊和罗刹重振精神，互相攻击。在罗摩和罗什曼那的帮助下，那些强大的猴子勇士全体冲向罗波那和他的卫队。妙项捡起一棵大树，砸碎了摩护陀罗所骑大象的头颅。哈奴曼在两位王子向罗波那释放所有武器时袭击罗波那的马。

罗摩和罗波那用他们所有的法宝互相对抗，箭矢弥漫，填塞了大气。

战车倒落在地，马和大象被砍倒、撕裂，罗刹和猴子全都被刺伤、重击、穿透。罗摩抽出了他得到梵天祝福的箭，罗波那便以从湿婆那里得到的箭来反击。罗摩与罗波那之间的对决仍在进行，但由于罗波那多臂多头，因此他也可以同时抵抗罗什曼那的袭击。

罗波那拔起众神的巫师摩耶为他制作的一根巨大长矛。他低声诵念咒语，然后把它扔向罗什曼那。长矛正中罗什曼那的胸部，刺透了他的身躯。罗什曼那倒在地上，罗波那的大笑传及了天国。"哈哈哈哈哈！"他呐喊着，"我会给你时间悼念杀死我儿子的凶手！"随后，他回到了他的城中。

罗摩在他弟弟身旁跪倒在地。"啊，罗什曼那，你怎么能留我一个人在这世上！首先是我的王国，然后是悉多，现在是你。这是最难以承受的损失——若是没有你，我将如何活下去？"他哭泣着。猴子和熊聚集在他周围，眼中含着泪水。妙项召来了熊的医师须私那，恳求他的救助，但须私那悲伤地摇了摇头，看着地面。

突然，一个衰迈的声音颤抖着说道："哈奴曼——哈奴曼在哪里？"妙项转过身，看到阎婆梵正试图引起他的注意。"这种时刻哈奴曼能派上什么用场？"妙项狠狠地说，他几乎无法控制自己的情绪。但是哈奴曼挺身而出，向阎婆梵鞠躬。"尊长，有何指教？"他说。

"有一种药草可以挽救罗什曼那的生命，但它生长在一座遥远的山上，那

儿远隔重洋，比太阳升起的山脉还要远。哈奴曼，你必须在明天第一缕曙光触到楞伽的高塔前把它取来。听好，我会告诉你在哪里可以找到它，还有它长什么模样。"哈奴曼弯下腰，以便能听清那头年迈的熊在说什么。"哈奴曼，将'起死回生草'带来，你是我们唯一的希望。"老熊低声说。

没等他把话说完，哈奴曼就已经扩展身躯，跃上了天空。他迅捷地飞翔，注视着地平线，寻找太阳升起的山脉。他飞过它们，降落到阎婆梵告诉过他的山顶上。但是他想尽一切办法，却也找不到起死回生草。当他搜寻时，东方天空中出现了淡淡的金色晨晖。

哈奴曼知道他快没时间了。"我要把整座山带走。"他如此想道，就像折断树枝一样轻松地折断了这座山峰。他将山托在手掌上，尾巴像旗帜一样在他身后展开，他就这样开始了返回楞伽的旅程。他比风更快，比思想更快，转瞬间便到达了猴子和熊等候他的岛屿。他在楞伽海岸上放下了那座山峰，没过多久须私那就找到了药草，并按照阎婆梵的指示，将其与油和其他植物一同碾碎。他将混合物涂在罗什曼那的额上、眼睛下方和鼻子周围。罗什曼那苍白的脸上有了血色，他的眼皮扑闪，开始呼吸。

"罗摩，你瞧，"老熊轻轻地说，"你的兄弟还活着！"

罗摩拥抱罗什曼那，抚摸他的头发，亲吻他的脸。哈奴曼带来了水，没过多久，罗什曼那就恢复了意识。

"这场战争叫我生厌。"罗摩不动声色但坚定地说道，"明天，我将杀死罗波那，夺回我的妻子。"

第二天，罗摩乘坐战车出战。众神之王因陀罗派出了自己的战车御者摩多里为罗摩执缰助战。摩多里驾驭着战车，让罗摩的优势得以充分发挥，使他能够从各个方向攻击罗波那。众神、天仙和天神们聚集在天空中，观看这场伟大的战斗，因为两个对手用前所未有的武器互相攻击。

两位战士的技艺是如此旗鼓相当，以至于有些武器在空中相互弹飞，另一些武器徒然地掉入海中，其他武器则未能击中目标。天空渐渐黑了，风在战斗时啸叫，但谁都没占上风。罗摩唤来众友仙人教他召唤的所有法宝，但罗刹王同样有能与之抗衡的兵器。如果罗波那使用可以变成蛇的箭，罗摩就使用众鸟之王迦楼罗的武器。如果罗摩使用了伐楼那的武器，罗波那的长矛就切开它们的绞索。

慢慢地，失败的迹象开始显现——罗波那战旗的旗杆被罗摩劈成两半，火热的彗星旋转着接近大地，大海翻腾，潮水涌起，秃鹫和猛禽在空中盘旋。每个观看这场战斗的人都知道，这些预兆对于罗波那来说是恶兆。

"用梵天的箭！"摩多里向罗摩大喊，"快！"

罗摩从箭袋里取出了一支光辉灿烂的箭。投山仙人很早就把它给了罗摩。仙人告诉他说，这箭只能用一次，仅用于对付大敌。这无与伦比的箭蕴风于箭翎之中，蕴日月于闪亮的箭头之中，蕴大地于箭杆之中，蕴世界末日的烈焰之力于飞行之中。

罗摩将他的弓拉到最大程度，专心诵念为箭赋予神力的神咒。他屏住呼吸，放开了箭，知道那箭必将为罗波那带去死亡。箭在空中飞行，三界中的所有生物都为其发出的声音而震颤。箭劈开空气，刺入罗波那的胸部，正中他的心脏。强大的罗刹王大叫一声，跌倒在地，他的十个头颅垂了下去。

罗波那死去时，天上的众生欢欣鼓舞，花雨从天上落下。剩下的罗刹跑回了他们的城市，猴子和熊则欢呼雀跃，拍手相庆，又喊又唱。罗波那的妻子们涌出宫殿，他的大王后曼度陀哩扑到罗波那破碎的身体上，哭了起来。

"让我们用海洋之水为维毗沙那加冕，请他在人民面前登基为楞伽之王吧。"罗摩疲倦地对妙项说，"然后，为罗波那举行一场王室葬礼。"

王者罗摩

在维毗沙那的加冕典礼和罗波那的葬礼之后，罗摩的念头转向了悉多。他招来维毗沙那，对他说："把悉多带到这里来。"

维毗沙那很惊讶，为何罗摩要他把悉多带到大庭广众之中，但他还是服从了他，去树林里找来了悉多。

悉多迫不及待地想见到她心爱的夫君，她日以继夜地思念他，甚至没有稍作思考，为何罗摩没有亲自来见她。她没有换衣服，也没有换上公主的妆容，而是跟随维毗沙那来到战场上。罗摩在那里等着她，被他的盟友和朋友们簇拥着。

悉多注视着罗摩，她的眼睛充满爱意，但罗摩却硬下了心肠。他对她说："我杀了罗波那。在我的朋友的帮助下，我赢得了这场战争，将你夺回。我已经恢复了我的声誉和家庭的荣耀。你被一个罗刹劫持，住在他的王国里，没有我陪伴左右。你是一个美丽的女人，罗波那必然在你被囚禁时已经碰过你了。我不能带你回去。悉多，你可以自由地前往任何地方！"

悉多的眼中噙满了泪水，她满怀怒意地对罗摩开口道："你怎么能这样跟我说话？你忘记了我是遮那竭的女儿，我是从大地诞生的。你对我说话的口气，就像一个卑下的普通男人和他的女人说话一般。被劫持不是我的错。在我们彼此分开的所有时间里，除了你，我什么都没有想。我的心一直与你同在。即使这么多年过去，罗摩，你对我依然知之甚少。"

悉多抬起头来，满怀着骄傲，说道："罗什曼那，为我点起火来。我丈夫当着这些人的面侮辱我。除了走进火中，我别无选择！"

罗摩转过头去，不去面对他弟弟眼中的痛苦和愤怒。罗什曼那为悉多升起了火堆，悉多向众神躬身说："除了罗摩，我从未有其他牵挂。如果我所言为真，那就让火焰这永恒的见证者保护我吧。"悉多心中平静，灵魂宁定，她走进了火焰。当猴子和熊开始哭泣时，梵天、湿婆、因陀罗、伐楼那以及所有其他诸神也乘坐他们光辉灿烂的战车从天而降，环绕着火堆。

罗摩向所有的神明鞠躬，双手合十，站在他们面前。梵天对他说："罗摩，你是众神中最伟大的！你怎么能让悉多像这样走进火堆？你是世界的创造者，你是太阳和月亮，你是时间及其他一切！你怎么能像普通人那样羞辱悉多？"

"我只知道自己是十车王的儿子罗摩。"罗摩结结巴巴地说，"告诉我：我是谁？为什么我在这里？我的目的是什么？"

————梵天再次轻声说道："你是毗湿奴，你是那罗延，你是持海螺者，你是持转轮者。你从不出生，你亦不会死亡，你是三界，你是宇宙。你包含日和月，风和雨，海洋、大地和天空。智者在寻求着你，但你却超越智识。一切都在你里面，你也在一切里面。毗湿奴，你是我们众神中最优越者。众神恳求你保护世界不受罗波那的伤害，所以你化身为凡人，并以十车王的儿子之身出生。这些与你并肩作战的奇妙的猴子是众神和其他天界生物的儿子——妙项是太阳神苏利耶的儿子，哈奴曼是风神伐由的儿子。众神一直与你同在。现在你的工作业已完成。你可以随时返回天国。"

"但是，这是什么意思？"罗摩迷惑不解地想，"我是神吗？抑或是凡人？我如何在世上行事？别人把我视为神吗？我是永远正确，还是会像其他人一样犯错？既然我知道自己是神，那我又将如何度过余生？"

在那一刻，火神阿耆尼从火中腾身而起，怀抱着悉多。她的肌肤散发着金辉，身着精美的饰品和丝绸衣裙，被通红的火焰映照得熠熠生辉。"罗摩，这是你的妻子！"阿耆尼说，"她一直对你忠贞不渝。她将你放在心中，并一直保持纯洁与贞烈。把她带回去，给予她她应得的荣誉。"

罗摩握着悉多的手，对众神说："我一直都知道遮那竭的女儿悉多真诚忠贞。我从来没有怀疑过她的心。但是，我必须向世界证明她是无辜的，以便世人

永远不会怀疑她的性格和行为。她一直爱着我，我也一直爱着她。她是我的一部分，正如阳光是太阳的一部分那样。"

罗摩接受悉多后，猴子和熊以及罗刹全都欢呼雀跃。众神展露欢颜，罗摩便说："如果你们对我感到满意，那么我请求你们一件事。让在这场可怕的战争中丧生的所有勇敢的猴子和熊复活。"死去的林中居民们立刻起死回生，他们的伤口被治愈，他们的身体也恢复了健康。他们与兄弟和朋友重新欢聚。

湿婆走到前方，对罗摩说："现在，你该回到阿逾陀城了。十四年过去了，流放已经结束。从高贵的婆罗多手中拿回你的王国，贤明地统治阿逾陀城。罗摩，向世界展示何为王道。在回归你天国原身之前，先在地上建立正法。这是你目标的一部分：确保人类了解对错之分。"

"如你所言。"罗摩低头鞠躬，双手合十。众神降下鲜花，为所有在场的人赐福，并返回居所，他们对事情的结果感到十分满意。

"我感谢你们每一个人的帮助和支持。若无诸位，此战难胜，罗波那难败。现在是时候回家了，回到我心爱的城市和王国，回到我的母亲、兄弟和人民身边。"罗摩说，"猴子和熊也必须返回家园和家人身边。维毗沙那，为我们的回归做准备吧。我将楞伽托付在你手中。我知道，有你为王，罗刹再也不会危害三界。"

"罗摩啊！"维毗沙那叹了一口气，"当您成为拘萨罗国王时，我希望与您在一起。我希望看到您美丽的城市并分享您的喜悦。请让我和您同去！"

妙项和哈奴曼也在罗摩之前合十："我们也很想见到阿逾陀城，与您的人民见面。亲爱的罗摩，带我们一起去！"

罗摩笑着拥抱了他们每个人。"来吧，我忠实的盟友。对我来说，你们和我心爱的罗什曼那一样珍贵。当我被加冕为国王时，请和我一起庆祝。"

维毗沙那拍拍手，召唤罗波那的魔力战车云车。它通体金色，有着舒适的座位。它能自行飞翔，将乘客运送到他们想去的任何地方。"罗摩，这个精妙的飞车是属于您的！"维毗沙那说，"它将把我们所有人带到阿逾陀城。今后，您随时随地一想到它，它就会来到您身边，把您带往您想去的地方。"

罗摩、悉多和罗什曼那与他们的朋友和盟友满心欢喜，一起登上云车。"哈奴曼，飞在我们前面，告诉婆罗多发生过的一切，告诉他我们正在回家的路上！"罗摩说。

大猴子飞向天空，挥舞尾巴以示告别，带着好消息向前飞往阿逾陀城。他飞越山脉、森林和河流，不久，他看到婆罗多在城外的陋居出现在远处。他轻轻地降落在婆罗多身边。他注意到婆罗多不是坐在宝座上，而是坐在地上。"我是哈奴曼，"猴子说，"我是罗摩的使者，我来这里是为了告诉你，他诛杀了罗波那，夺回了悉多。他让我特地前来告诉你，他离开这座城市十四年以来所发生的一切。"

婆罗多拥抱猴子，眼中流下欢乐的泪水。"告诉我，告诉我我亲爱的兄弟流亡期间的全部经历。但是，首先让我发布命令，准备他的加冕——我必须召来祭司，收集神器的圣物。那是他在宝座上的凉鞋，我只是在代他统治。我等不及要把王国归还给他了。"

在确保他的人民正在为典礼做准备，而且阿逾陀城的王后们都已经收到消息之后，婆罗多领着哈奴曼走到一片树荫下，热切地聆听哈奴曼讲述自己和罗摩、悉多及罗什曼那的冒险经历。

与此同时，云车飞过天空，罗摩为悉多指出了他们曾经旅行过的所有地方。她听他讲述猴子们在哪里建造桥梁，他们在积私紧陀居住何处，高贵的阇陀尤又是在哪里惨遭杀害。当他们经过弹宅迦森林中她被劫持的地点时，悉多遮住了她的脸；但是当她回想起他们在质多罗俱吒中度过的美好时光时，她又不禁展露微笑。不久之后，他们便可以看到远处的萨罗逾河，他们知道自己很快就要抵达阿逾陀城了。

欣喜的市民聚集在一起，欢迎他们心爱的罗摩。但是罗摩、悉多和罗什曼那所做的第一件事就是去向他的三个母亲致敬。然后，他紧紧地拥抱兄弟们，他的沉默彰显了他在团圆时的幸福，因为那快乐绝非是言语所能表达的。不久，王室祭司极裕仙人与其他婆罗门一起到达，他们将罗摩带到了举行加冕典礼的房间中。在诸位藩王和其他首领面前，罗摩以圣河上的水灌顶，伴着念诵祈祷和祝福之声，他成为拘萨罗王国的统治者。庆典持续之时还赠出了大笔的礼物——土地、母牛、金钱和食物。这座城市沉浸在欢乐之中好些日子，甚至连最贫乏的家庭也过得富足。

加冕典礼结束后，猴子们和罗摩的其他盟友留下来，享受阿逾陀城的种种乐趣，并在罗摩的陪伴下悠闲度日。当他们终于要离开的时候，罗摩赠给他们无数的珠宝和其他礼物。悉多在哈奴曼宽阔的肩膀上戴上一串珍珠项链，让这猴子就像被云围绕的月亮一样闪闪发光。哈奴曼因为不得不离开罗摩的身边而哭泣，但国王拥抱了他，说："亲爱的哈奴曼！只要人类世界中还在讲述我的故事，你就可以活下去！在故事中，你将永远在我身边，你是我忠实的伴侣，也是所有猴子中最伟大的一位。你是独一无二的！"

罗摩的森林盟友离开了，前来参加加冕典礼的伟大的国王和强大的罗刹也离开了。神奇的云车升到空中，消失在云层之外，并对罗摩做出承诺：每当他想到要用它时，它就会回来。

安顿下来之后，罗摩像他的祖先一样统治他的王国。国中没有疾病或饥馑，人民各司其职，安闲度日，得享高寿。田地和农场五谷丰熟，市场上人稠物穰。

城乡居民皆安富尊荣，从未比现在过得更幸福。罗摩一直关注着他的人民的欢乐和悲伤，并迅速有效地响应他们的需求。但是还有更多的喜悦在等待着，因为悉多很快就怀孕了，王国中的每个人都焦急地等待着阿逾陀城王室血统的继承人降生。

有一天，罗摩在他那恢弘的王庭上问他的臣子和探子们："告诉我，我的人民在谈论什么？他们是否有不乐之处？我还能为他们做更多的事情吗？"朝臣们笑着，摇着头，向罗摩保证一切都很好。

但是，他的一名探子举起了手，要求发言。他说："陛下，我有话要告诉您，但我不能在朝中说出来。"

"我的好人，放心说出来，"罗摩说，"国王无须在其顾问面前避讳。"

该名男子头也不抬，继续说道："原谅我必须把这些话说出来：城中居民净说些闲言碎语。他们说，他们不懂为什么您把悉多带回来，她可是在另一个男人的房子里待了这么久。"

罗摩的眉头拧紧了，他解散朝臣，只要求他的兄弟留下来。他们等着，看着罗摩似乎在自己的情绪中挣扎。最后，他沉重地叹了口气，说道："我必须从城中驱逐悉多。人民必须尊重他们的王后，她不能成为他们的怀疑对象。罗什曼那，明天你告诉悉多，你要带她去探望森林中仙人们的妻子。她很想念她们，会很高兴再次见到那些亲切的女人。将她留在森林中，靠近蚁垤仙人的隐居处。他是我们父亲的朋友，他会照顾悉多的。"

罗什曼那瞪着罗摩，他为这个要求而感到万分震惊。他摇摇头，正要开口，罗摩却让他别说话。"我已经下定了决心。请不要使这决定变得比现在更艰难。"罗摩说完，转身离开，独自一人走到自己的私室。

第二天，悉多在登上罗什曼那的战车时满面春风。"看哪，罗什曼那，"她微笑着说，"我从城里带上了女子所用的绮罗香水，还为其他所有人带了甜点小食。当初我在那儿时，他们对我真是亲切！"罗什曼那咬住嘴唇，一言不发地帮她登上战车。

他们迅速驶离了城市。罗什曼那依然一声不吭，目不斜视。"你今天是怎么了？"悉多问，"一副悒悒不乐的模样。你是在想念罗摩吗？你很快就会和他在一起。何不享受这和风丽日？能暂离城市来到这开阔的天空下真是太好了。我们到河边停一会儿吧，我们能在那儿歇息片刻。"

罗什曼那继续驾车。他盯着道路，努力忍住眼中的泪水。当他们来到河边时，悉多下了车，走到水边，步入水中洗脸。当她弯腰掬水要喝的时候，罗什曼那掉转车头驶走了战车，把罗摩的妻子单独留下。悉多在他身后叫喊："罗什曼那，你要去哪里？我们还得走得更远，才能到达仙人们的居所啊！"

悉多惊恐地注视着战车消失在远方。过了好一会儿，她才明白自己已经被遗弃在森林中了。她崩溃倒地，哭泣不止，无法思考何去何从。"怎么会这样？"她大声地问道，"我到底做了什么，以至于遭受如此对待？一定是罗摩下的令——未经他的同意，谁敢对我这样做！噢，我该怎么办？我要去哪里？"她抽泣着。

悉多没有注意到，附近有一群孩子正在玩耍。他们来自蚁垤仙人的静修林，他们跑回去告诉仙人，一个孤独的女人在河边哭泣。太阳开始下山了。蚁垤仙人赶到河岸，看到悉多。凭借他苦行得来的力量和神眼，他立即知道了她是谁，以及她身上发生了什么。"我是蚁垤，"他走近她，轻轻地说，"我是十车王的朋友，我知道你是他儿子罗摩的妻子。跟我来，我静修林里的女子们会照顾你的。你就把我们当作家人吧。"悉多感激地接受了他向她伸出的手，跟着老人到了他的住所。

悉多留在森林里的静修林中，被仙人的爱与善所包围。几个月后，她生下了一对双胞胎男孩。蚁垤仙人祝福他们，并赐名为罗婆和俱舍。他承诺会亲自照顾和教导他们，像对待住在静修林里的其他学生一样对待他们。两个男孩慢慢长大，给母亲带来了很多喜乐，但悉多心中却有着无法与儿子分享的一份悲伤。她从未告诉过他们父亲是谁。

尽管这两个男孩看上去像王子，但他们却像森林居民一样生活，穿着简朴的衣服，吃着根茎和水果。罗婆和俱舍从蚁垤仙人那儿学习圣典。仙人注意到他们的歌声甜美，因此他经常把自己创作的歌曲和诗歌教给他们。

一天，仙人看见一位猎人射杀了一对鸟儿中的一只。雌鸟看到同伴倒在地上，便发出悲伤的啼叫。蚁垤仙人因这鸟儿的苦痛而大受感动，当他诅咒猎人时，他意识到自己是在用一种全新的诗歌形式说话。当他回到静修林时，他去找了罗婆和俱舍。"来吧，"他说，"坐在我身边。我刚刚创造了一种全新的诗律，我希望你们学习我用其创作的诗歌。这将是一首独一无二的诗。你们就是将它传给此世的人！"两个男孩拿着他们简单的乐器，当蚁垤仙人开始朗诵新诗时，他们认真地听着。

　　与此同时，在阿逾陀城，罗摩继续着他的统治。岁月流逝。有时，罗摩的脸上会落下阴影，流下的泪水会使他的眼睛变暗，但没人知道他内心的所思所想。他从来没有提到悉多的名字，也不许任何人在他面前谈论她。

　　有一天，王室的祭司来到他面前说："罗摩，您已经使自己的王国繁荣昌盛。现在是时候举行王祭了。一位君主若有您这样的地位和声誉，那就需要向世界展示他无人可比肩。让我们邀请世界各地所有在位的国王以及伟大的仙人来此吧。"罗摩点头允诺，但他的心中很是沉重。因为他知道要完成祭祀，他就需要王后陪在他身边。

邀请被广传天下，整个城市很快就挤满了来自不同地域的人们。除国王和仙人外，还有舞者、歌手、演员、杂耍艺人、士兵、商人、农人和祭司——每个人都想参加这场将要持续数周的祭祀，祭祀上还会布施衣服、金钱和食物等礼物。国王、猴子和熊，甚至那些曾经如此骁勇地与罗摩战斗过的罗刹也来参加庆典了。

祭祀当中，蚁垤仙人随同他的同伴和学生到来了，并在仙人们的居所里安顿下来。罗婆和俱舍随他来了，蚁垤仙人指示两个男孩，无论走到何处，都要吟唱新诗。他们在人群中四处唱着他们的老师所教的美丽诗歌，不久之后，所有人都开始谈论他们。

很快，两个男孩就被召去为国王表演。他们唱起一个伟大王室的喜怒哀乐、悲欢离合，罗摩倾听着，入了迷。有一天，他问他们："这是谁的故事？你们是谁？你们在哪里学的这首诗？你们的老师是谁？"

他们向国王躬身说："罗摩，这是您的故事。我们是蚁垤仙人的学生，他把我们带到了这个祭典上。"

罗摩郑重地听着，把他的兄弟、朝臣、盟友和朋友叫来，与他一起倾听。随着这首诗继续被吟诵，罗摩和其他在听的人便知晓，站在他们面前的两个男孩便是悉多的儿子，他们出生在蚁垤仙人的静修林中。罗摩的心跳加快，他急切地开口说："去找你们的老师，对他说：'如果悉多是无辜的，就让她来这里，在这次伟大的集会上再次证明她自己！'"

两个男孩去向仙人通报了消息。蚁垤仙人便将悉多带到了城中，第二天又将她带到了祭祀场所。

当她走过当世国王和聚集的仙人们面前时，她的双眼一直注视着地面。蚁垤仙人的声音响起，周遭顿时一片寂静。"罗摩，这是你在森林里遗弃的女人。你担心人民的流言蜚语，但你的妻子一直都是清白的。罗摩，这两个漂亮的男孩是你的儿子！我为你抚养他们，让他们在森林中的静修林里生活，并教给他们其王室祖先的故事。接受悉多吧，她是身具美德的女子，也为了阿逾陀城，承认你儿子的身份吧！"

罗摩双手合十，向仙人躬身道："我从未怀疑过悉多，而且我知道这两个男孩是我的儿子。我不得不抛弃她，好叫我的人民高兴。让她在这里当着阿逾陀人民、世上的国王和仙人的面再次证明自己的清白，然后，他们都会相信她的美德。"

众神知晓即将有大事发生，便从天上降下。当悉多穿着苦行的衣裳向前走去时，伐由吹拂出轻柔的微风，里面满是芬芳。"如果我是清白的，那就让女神接受我进入大地之下！"悉多低声说。她脚前的大地裂开，一个光辉灿烂的宝座随之出现，它被托在两条巨大的龙蛇那迦的头顶，它们的蛇冠上佩戴着珠宝。悉多登上宝座时，天国妙乐响彻周围。那迦沉回大地之中，带走了悉多。

万籁俱寂。没有人挪动身体，没有草叶颤动，没有叶子飘落到地面。好像时

间本身已经停止了。没有人知道这能持续多久，但是当他们回过神来时，他们都知道悉多已经永远消失了。罗摩也如同大梦初醒。当他意识到自己心爱的妻子离开了他时，他心如死灰。他的兄弟们试图安慰他，但罗摩却已肝肠寸断。他拥抱了他的两个儿子，双臂搂着他们的肩膀，带领他们离开了祭祀场。在罗摩的命令下，人们用最纯净、最精炼的黄金制成了一座悉多的雕像。从那天起，在所有正式的典礼和祭仪上，罗摩心爱的王后的雕像都被放置在他身旁。

悉多离开后，国王罗摩继续履行他的职责。顾问和伟大的仙人们随侍他左右，他们精通正法，引导国王施行正道。罗摩的两个儿子接受了统御之术的教育，也向叔叔和大臣们学习如何使用武器，如何处理国政和民事。

罗摩将他的兄弟们及其儿子分封各地，但他让亲爱的罗什曼那留在他身边。他们从没说起过悉多，但是罗什曼那知道罗摩变了，他不再是那个居住在森林里的人了。

罗摩无法习惯没有悉多的生活。随着岁月的流逝，他的孤独与日俱增，尽管他的儿子使他感到喜悦，但他却从未展露笑容。他贤明地履行了所有国王的职责，但人人皆知他业已心灰意冷。

一天，一个使者前来，求见罗摩。"我有要事要与您商谈。但是我们在一起时绝不能受到干扰。不能有人听到或看到我们谈话。如果有人打扰我们，即使理由充分，他们也会死亡。"罗摩叫来了罗什曼那，要求他在自己与陌生人交谈时看守大门。

当他们单独相处时，使者说："罗摩，我来自梵天那儿。您在大地上的时间已近尾声。现在便返回天国吧，再次与神圣的毗湿奴合为一体。"

"我一直在想着同样的事情。"罗摩回答，"我为阿逾陀城鞠躬尽瘁，并履行了父亲和国王的职责。是的，现在是我重回诸神之中的时候了。我将在天堂再次见到我挚爱的悉多。"

与此同时，敝衣仙人来到了阿逾陀城，直奔王宫。没有人敢阻止他，因为他闻名于世全因他脾气火爆，他对无辜的人也会发出可怕的诅咒。他对罗什曼那说："开门。我想见罗摩。我饿了，我需要吃饭。"罗什曼那回答说，罗摩不能受到打扰。"好吧，"仙人说，"如果你不让我进入，我将诅咒你和你的家人，还有这个王国和整片土地。这是你的选择。"罗什曼那毫不犹豫地进入了房间。他知道自己做出选择的后果，但他确信，独自一人死去，总比让仙人的诅咒影响整个王国要好。

罗摩走出来，礼待仙人，并让他饱餐一顿。仙人感到满意，便离开了。然后罗摩突然意识到发生了什么事，进入房间的是罗什曼那，使者的诅咒正落到罗什曼那身上。他双手抱头，瘫倒在王座上。"啊，罗什曼那，我的罗什曼那！"他叹息着，"如今，就连你也要离我而去了！命运对我没有丝毫怜悯吗？"

"我的兄长，"罗什曼那轻声说，"这是命中注定。我也必须回到天国。我在那儿等你。"

罗什曼那离开宫殿，快步走到萨罗逾河的河岸。他在那里躺下，集中心神。他控制了自己的感官，然后慢慢停止了呼吸。高贵的罗什曼那在大地上的生命结束时，鲜花从天上落下。

罗什曼那逝去之后，罗摩开始为自己返回天国做准备。他招来了婆罗多和设卢阇那以及他们的儿子，召集了他的盟友和朋友，包括猴子和熊以及维毗沙那治下的罗刹。当着他们的面，他将自己的王国均分给两个儿子，并让他的盟友发誓效忠，与他们建立羁绊。然后，在一个吉祥的日子里，罗摩在黎明前醒来。他沐浴净身，穿着像月光一样皎洁的柔软而洁白的丝绸衣裳。他心思沉静，走到了萨罗逾河河畔，祭司们抬着圣火引领着他。

人民带着家人和孩子，跟随着他。他们无声地哭泣着，因为他们知道自己再也见不到心爱的罗摩了。猴子、熊、罗刹与邻国的国王也加入了这庄严的行列，来到了河边。

太阳升起，罗摩走进萨罗逾河冰凉的河水中，脸上散发着金色的光辉。阿逾陀城的居民们看到众神站在天空中向他伸出双臂。梵天的声音响了起来："来吧，罗摩！"罗摩被耀眼的光芒包裹着，回到了自己真身所在。但是，他的故事仍然留存在大地上，被许多人以多种语言反复讲述，因为这是人类世界中最伟大的故事之一。

作者后记

　　蚁垤的《罗摩衍那》是我们所拥有的最古老的罗摩故事。它在大约两千五百年前以梵文写就，也许是将人们口耳相传的同一故事的许多其他版本组合在一起而形成。这个故事具有如此大的影响力，如此受到人们的喜爱，以至于蚁垤之后，千百年来，几乎每一种印度语言的诗人都一次又一次地讲述过这个故事，他们每个人都在增删事件，以使故事符合他们对这个世界的理解，以及对人类在世界上所应行之事的理解。

　　蚁垤关于罗摩的故事是我的最爱，个中原因甚多。这是一个嫉妒与背叛、爱与荣誉、勇气与信仰、友谊与忠诚的故事。它涉及国王和战士、凶猛的罗刹和飞天的猴子，也涉及父与子、兄与弟、夫与妻。它向我们展示了诸多选择摆在我们面前时，做正确的事有多么困难。最重要的是，在文中我们将罗摩视为与我们一样的人类。他大笑、哭泣、生气、悲伤，甚至陷入孤独。有时，他的举止使我们感到困惑，我们会发出疑问，他做的事是否总是对的。

罗摩的故事引人向善。我们常被教导应该做什么，但决定我们身上会发生什么的是我们的行为。随着传统文化的发展，罗摩成为毗湿奴的一部分，他向我们展示了人应当如何行事，使我们知行合一，从而使世界变为一个对所有人而言都更加美好的地方。

阿什娅·萨塔尔　　155

2016 年 8 月 21 日

于班加罗尔

关于作者

阿什娅·萨塔尔拥有芝加哥大学的印度古典文学博士学位。她从梵文译成英文的《蚁垤的罗摩衍那》和《故事海传说选》已收入"企鹅经典"书系出版发行。她还写过童书，包括《哈奴曼历险记》等。

关于插画师

索纳莉·佐赫拉学习美术和摄影，并将两者的原理运用到她的作品中。从壁画、陶瓷绘画、视觉传达设计、摄影到书籍插画，无论采用哪种媒介，她都试图在色彩、形式和光线之间取得平衡。

关于译者

杨怡爽，印度文化与神话爱好者，有相关译著若干，目前在某高校从事南亚研究相关工作。